[illegible] e 2 cani come il [illegible] [illegible] ?

~~[illegible]~~ degli Tinie e molto

~~[illegible]~~ e ~~[illegible]~~ stupor (Rapinal) e [illegible] sonni

~~[illegible]~~ de Xenex e leggere

le armi de pelo < violente (amicabili) / sonno (stupor)

Oceani. 249

Dello stesso autore
presso La nave di Teseo

Nina dei lupi

Alessandro Bertante
E tutti danzarono

A Luca

l'ultima danza

La nave di Teseo

ISBN 978-88-346-2004-5

Prima edizione La nave di Teseo febbraio 2025

Considerata in sé stessa, questa giovinezza tanto vantata il più delle volte mi appare come un'epoca ancora rozza della nostra esistenza, un'età opaca e informe, malsicura e fuggevole.

Marguerite Yourcenar

La casa del padre

La stanza era buia, appena rischiarata dai raggi del sole filtrati dalle persiane. Forzai un poco la vecchia maniglia arrugginita e spalancai la finestra. La luce del primo pomeriggio invase il soggiorno, presagio di un caldo torrido e assassino.

Mio padre era morto da due settimane, erano più di vent'anni che non entravo nell'appartamento dove ero cresciuto. L'odore era lo stesso, un misto di sigarette spente, superalcolici e lucidante per parquet profumato alla lavanda. Anche tutti gli oggetti a lui più cari erano al loro posto: le stampe d'epoca della Rivoluzione d'Ottobre, la lampada turca d'ottone con i vetri colorati e le piccole guglie aguzze – cimelio di un avventuroso viaggio a Istanbul a bordo di una Cinquecento all'inizio degli anni settanta –, le foto della mamma al mare in Liguria con i capelli lunghi e il pareo indiano, rimasta giovane e bella per sempre. Feci un lungo sospiro, in quella stanza ogni cosa raccontava una storia per me molto difficile da affrontare, il tempo si era fermato proprio nel momento dei miei anni migliori, quelli che rimpiangi per il resto della vita. Mi muovevo con imbarazzo e grande cautela, come se fossi un intruso, come se violassi un luogo a me precluso per la fatalità delle scelte che non ha bisogno di altre spiegazioni. Tutte le nostre incomprensioni, i silenzi, i conflitti mai veramente consumati e le verità nascoste mi parvero in quel momento un ostacolo fisico alla mia presenza.

Ma io ero il figlio e lui era il padre, non c'era mai stato nessun altro.

Mi voltai, feci pochi passi e raggiunsi il centro della sala. Rimasi immobile, in piedi, a osservare per alcuni minuti, cercando tracce di memoria che potessero di nuovo diventare riconoscibili, immagini sfocate, qualcosa a cui attaccarmi per ritrovare l'affetto perduto nei confronti dell'uomo che mi aveva messo al mondo.

Il soggiorno era il suo luogo di solitudine, dove si rintanava per non essere disturbato, leggeva o ascoltava vecchi vinili.

La poltrona era di fianco alla finestra, in modo da godere alle spalle della luce del mattino. Era una Lounge Chair nera e marrone di cui andava molto fiero, datagli da un suo amico architetto per coprire un debito di poker, o almeno così raccontava mio padre che sapeva essere un bugiardo molto raffinato. Esattamente sopra alla posizione di lettura, una vasta macchia gialla di fumo di sigaretta spezzava la tempera bianca del soffitto. Da bambino talvolta entravo nella stanza di nascosto e mio padre scopertomi pronunciava il mio nome a bassa voce come se fosse un sortilegio, facendomi sedere sulle sue ginocchia per poi mostrarmi le copertine degli LP, quei quaderni di carta quadrata che si aprivano come uno scrigno magico pieno di giovani sorridenti con i capelli lunghi e i vestiti colorati. I dischi erano ancora al loro posto ma non rimaneva niente altro di quei giorni incantati, mi resi conto in quel momento che anche gli ultimi ricordi stavano svanendo, confusi fra i racconti successivi già mitizzati, nelle frasi strappate al senso di colpa e nelle fantasie di un bambino che non voleva mai rimanere solo.

Durante la sua lunga e serena vecchiaia mio padre e io ci eravamo visti molto raramente, avevo perso qualsiasi consuetudine filiale con lui, ogni abitudine e ogni residuo di complicità. Non che fra noi ci fosse stato un violento contrasto o un torto insanabile però a un certo punto qualcosa si era infranto e, nel corso degli anni, nessuno dei due aveva fatto il gesto opportuno che potesse riavvicinarci o anche solo chiarirci.

Certi segreti non si dovrebbero mai svelare a un figlio.

L'abitazione stava a pochi passi da Porta Venezia, al secondo piano di un bel palazzo inizio Novecento all'angolo fra via Panfilo Castaldi e via Tadino, nel vecchio quartiere eritreo, ultimo retaggio milanese di un'Italia coloniale dimenticata senza troppi patemi. Ci avevo vissuto fino ai vent'anni, quando al secondo anno di università mi trasferii con degli amici in una casa occupata in zona piazza Aspromonte.

Era un appartamento molto grande, adatto a ospitare una famiglia con tanti figli, quello che noi non eravamo mai stati.

Mio padre ci abitava da solo.

La libreria era in ordine, non c'era nemmeno un filo di polvere sugli scaffali e sopra le copertine dei titoli, sempre divisi per editore, secondo una semplicità estetica che in realtà nascondeva una scelta di rango. Anche le bottiglie di whisky e di rum invecchiati, che collezionava da anni senza finirle e talvolta senza nemmeno iniziarle, luccicavano con i loro colori ambrati e seducenti, testimonianza di una passione sincera e altrettanto esibita.

Sembrava che mio padre si fosse premurato di pulire le sue cose più preziose prima di morire vittima di un infarto improvviso quanto letale. Forse avvisato da una premonizione, alla quale certo credeva, o più probabilmente ancora in grado di pagare una donna delle pulizie che sapesse fare il suo lavoro. Mio padre non era un uomo disordinato, né tantomeno amava trascurarsi. Era vedovo da così tanto tempo che non riusciva quasi a ricordarlo ma, insieme alla giovane moglie amatissima, non aveva mai perso il decoro né si era abbandonato al dolore che non rispetta il presente.

Feci pochi passi, spalancai anche l'altra finestra e mi affacciai per guardare via Panfilo Castaldi, un tempo famigerata come lo sono tutti i luoghi che hanno qualcosa da raccontare. La strada era ferma e silenziosa, non passavano automobili e si vedevano poche persone muoversi fra i due marciapiedi.

Quanti anni erano trascorsi?

L'ultima volta che mi ero affacciato su quell'angolo era ancora il Novecento, esauritosi velocemente nello spensierato crepuscolo degli anni novanta che, grazie alla diffusione del World Wide Web, aveva illuso molti sciocchi dell'inevitabilità di un futuro magnifico e radioso, come se il progresso fosse un destino necessario della nostra specie. E invece quello che mi trovavo davanti era un mesto paesaggio desolato. Il ristorante toscano aveva chiuso ormai da anni, come la libreria antiquaria di via Tadino, tanto amata da mio padre che era anche buon amico del vecchio anarchico che la gestiva; poi se n'erano andati uno dietro l'altro il formaggiaio pugliese, il negozio di manga giapponesi, il magazzino di vestiti usati, il pizzicagnolo, il bar all'angolo frequentato da anziani malavitosi e il ferramenta con le cassettiere di legno alte fino al soffitto. Anche l'emporio all'ingrosso di monili africani aveva abbassato le serrande, dopo che il proprietario etiope si era preso diverse coltellate in pancia da dei giovani eritrei del quartiere, al culmine di una lite notturna, scoppiata fuori dal bar Asmara, a causa del troppo alcol versato a infiammare decenni di rancori. Amavo quell'antro scuro e profumato, dove Farah, la bella figlia adolescente del proprietario, mi ospitava clandestinamente durante lunghi pomeriggi estivi, prima che la città si spegnesse per le ferie.

Ancora ricordi, la solitudine degli anni che mi restano sarà come una litania, pensai. L'insegna rossa del minimarket indiano pulsava sotto il sole rovente, i grandi scatoloni esposti sul marciapiede offrivano merce semplice e sciatta: bottiglie di liquori dalle marche sconosciute, grandi sacchi colmi di riso asiatico, pane arabo impilato dentro a buste di plastica, ciabatte di gomma, detersivi in polvere, frutti oblunghi, carta igienica, cetrioli sottaceto, salsicce sudamericane, whisky stranieri e amari italiani, bibite gassate coloratissime, canottiere a coste, barattoli di lenticchie arancioni, birra in lattina, biscotti turchi ed eliche rotanti caricate a molla.

Il termometro della farmacia segnava quaranta gradi.

Si faceva fatica a respirare.

Quella mattina avrebbe dovuto essere l'ultima visita all'appartamento prima di metterlo in vendita. Dovevo ancora finire di sbrigare la burocrazia del lutto, comprese le questioni riguardanti l'eredità. In mancanza di testamento sarebbe passato tutto a me, il suo unico figlio. A parte la casa, che comunque aveva molto valore data la folle impennata dei prezzi nel quartiere, non pensavo fosse rimasto gran che del suo patrimonio. Per più di trent'anni mio padre aveva lavorato come giornalista politico e culturale per un noto quotidiano progressista, quando ancora qualcuno li leggeva e scrivere sulla carta stampata era considerato un lavoro prestigioso. Guadagnava bene ma era un vedovo che spendeva molto, vestiva con eccentrica eleganza, collezionava orologi automatici, amava viaggiare e pranzare al ristorante e soprattutto non gli interessava accumulare denaro. Per quale ragione avrebbe dovuto farlo? Durante i giorni seguenti sarei dovuto andare dal notaio per chiudere la questione.

Mentre scendevo le scale sentii vibrare il cellulare nella tasca della giacca. Lo presi e accesi lo schermo, era arrivato un messaggio di Micol su Whatsapp. Mi chiedeva se fossi andato a casa del nonno. Lo aveva sempre chiamato così, il nonno.

Non credo di averle mai sentito pronunciare il suo nome.

Micol aveva diciassette anni ed era una ragazza seria e molto sensibile, forse troppo, e la cosa mi spaventava. Aveva sofferto molto la morte di mio padre, il primo vero lutto della sua giovane esistenza. Durante la pre adolescenza erano stati molto vicini, si vedevano anche due o tre volte la settimana.

Per me il loro rapporto era un mistero, non so cosa facessero, dove andassero o di cosa parlassero.

Lui aveva preso il mio posto e forse era anche giusto così.

Alberto poteva essere un uomo molto affascinante.

Al piano terra passai davanti alla vecchia portineria chiusa da anni e mi fermai a sbirciare dentro la porta a vetri, nonostante fosse tutta impolverata. Era diventata una sorta di magazzino, pieno di mobili smontati, elettrodomestici e biciclette più o meno funzionanti. Nascosta in un angolo, riconobbi anche quella di mio padre, una Rossignoli nera anni sessanta, pesantissima, con i freni a bacchetta e il portapacchi di ferro davanti al manubrio, come quelli che una volta usavano i panettieri o i fruttivendoli. Mi sarebbe piaciuto prenderla ma la porta era chiusa a chiave.

Segnai mentalmente di chiamare l'amministratore.

Uscii dal palazzo stremato, nonostante fossi vestito solo con indumenti di lino leggero ero già inzuppato di sudore e il bavero della giacca mi irritava la pelle del collo. Il sole splendeva alto e il cielo era insolitamente terso per essere in Pianura Padana ma non c'era un filo di vento. M'incamminai lungo via Tadino protetto solo da una sottile striscia di ombra radente i palazzi.

Da entrambi i lati della carreggiata vedevo scorrere una serie disordinata di locali notturni che nel corso degli anni avevano preso il posto dei negozi di alimentari e dei bar africani. Avevano tutti le saracinesche abbassate perché ancora troppo presto o forse perché falliti come tante altre cose dopo la grande recessione.

Le sedie e i tavoli esterni accatastati, legati fra di loro con catene di acciaio e grossi lucchetti, davano al quartiere un'atmosfera carceraria che non aveva mai avuto.

Lo trovai sgradevole e ingiusto.

Il mio tempo è difettoso, pensai mentre scansavo un uomo ubriaco semicosciente sdraiato sul marciapiede in mezzo al suo piscio, a un certo punto qualcosa si è guastato e poi è stato troppo tardi per rimediare. Ogni giorno si conclude lasciandomi più solo, ogni ricordo nasconde un gioco di specchi ingannevole ed è facile confondere la realtà con quello che avrebbe potuto essere. Ho viaggiato in lungo e in largo attraverso i decenni per precipitare dentro a questa miseria.

E va bene, andiamo avanti.

Giunto sul viale ed esauritasi la protezione dei balconi, mi trovo improvvisamente esposto al sole. Ho come un mancamento, è solo un attimo, una breve vertigine, ma abbastanza concreta da spaventarmi. Faccio pochi passi e mi lascio cadere sulla sedia della pensilina della fermata del tram, umida e puzzolente come se ci avesse pisciato sopra un barbone. Compiuti cinquant'anni da poche settimane, la mia consueta e non preoccupante ipocondria ha subito un'accelerazione che si aggrava di mese in mese, diventando quasi invalidante. Riprendo fiato, contandomi i battiti del cuore al polso mentre guardo le lancette del vecchio Omega di acciaio di mio padre. La soglia da non superare è di cento al minuto, oltre la quale l'ansia prenderà il sopravvento, trasformandosi in panico.

Respiro a fondo, una, due, tre volte, come un mantra che talvolta funziona se non accadono altri imprevisti. Mentre mi concentro sulla muscolatura del plesso solare, estraggo dalla tasca interna della giacca un piccolo portagioie di argento, dal quale prendo una compressa da 1 milligrammo di Xanax e la inghiotto a secco.

Già solo il gesto contribuisce a calmarmi e il respiro comincia a diventare di nuovo regolare. Sospiro, scuotendo la testa.

Quando prendo in esame la mia vita, mi sconfort

così differente dai miei desideri giovanili. Sfrontato e incu

di ogni pericolo, a vent'anni affrontavo tutte le situazioni in cui mi venivo a trovare, posseduto da uno spirito inquieto che non trovava mai pace. Cercavo l'avventura in ogni luogo perché poteva essere ovunque e ovunque era bellissima e pericolosa, fosse l'autocarro in panne nella jungla della Tanzania, il bacio appassionato strappato alla stazione ferroviaria prima del confine, il tumultuoso fiume Neretva lungo la strada per Mostar, il cordone serrato del collettivo anarchico davanti alla celere schierata in piazza Fontana per l'anniversario del 12 dicembre, il tramonto infuocato al porto di Tangeri, i fatali colpi di rivoltella nella calda sera di luglio alle giostre del Monte Stella, le mirabolanti feste negli scantinati di Kreuzberg nei gelidi e fantastici inverni berlinesi subito dopo la caduta del muro, il volo dei pipistrelli giganti nell'incantata notte di Prison Island, la poderosa carica dei dragoni a cavallo in Trafalgar Square, il vicolo di notte al Barrio Chino, l'incontro furtivo e il luccicare del coltello di un anziano sconosciuto con i capelli impomatati di brillantina.

C'era solo il presente, bisognava aggredirlo con tutta la forza che avevi, ogni giorno era una lotta diversa, nessuno ti avrebbe aspettato, stava solo a te dimostrare di esserci. In fondo, se ci ripenso con grande onestà, il mio sogno di bambino e forse il mio unico grande desidero di giovane uomo, è sempre stato quello di diventare un gentiluomo di fortuna, uno spregiudicato viaggiatore del mondo. Le correnti della vita purtroppo mi hanno portato in un'altra direzione e ora sono un professore universitario di mezza età seduto su una sedia di plastica umida e fetente, un uomo che non si fida più del suo corpo, un tempo compagno e complice fedele, perché sono certo non possa più reggere l'urto di nessun genere di violenza, nessuna accelerazione o aggressività, è come essere invalidi, dei vulnerabili buoni a nulla che vagano per la città aspettando il predatore che porrà fine alla loro esistenza.

Proprio adesso, adesso che dovrei essere temibile, capace di reagire con prontezza, difendere mia figlia da ogni pericolo; ogni persona intorno a noi può diventare ostile, basta un attimo, siamo tutti potenziali vittime, circondati da nemici che ancora non conosciamo.

All'arrivo del tram 33 scesero decine di ragazzi di ogni età, provenienti dalla periferia del Casoretto e di Lambrate. In numero ancora maggiore si stavano ammassando davanti alla fermata della metropolitana di Porta Venezia, distante poche decine di metri. Sembravano tutti molto allegri e nonostante il caldo asfissiante si muovevano frenetici ed eccitati come bambini in gita scolastica.

Ho sempre cercato di mantenere una ragionevole indulgenza nel giudicare le persone più giovani di me ma negli ultimi tre o quattro anni, forse martoriato dalle continue frustrazioni del mio lavoro di professore di Letteratura italiana alla facoltà di Lettere e Filosofia, avevo maturato una sorta di risentito sconforto. Ero convinto che nel nostro sempre più angusto e disorientato angolo di Occidente qualcosa si fosse irrimediabilmente guastato e che le ultime generazioni fossero di gran lunga peggiori di tutti quelle che le avevano precedute, più ansiose, conformiste, noiose, ignoranti e stupide. Generazioni che non potevano nemmeno giovarsi dell'aiuto e del consiglio dei genitori perché questi erano ancora più stupidi di loro ma anche deboli e narcisisti, incapaci di invecchiare e inadatti alla sofferenza come al semplice gesto di conforto che può salvarti in un pomeriggio di disperazione.

Ero consapevole quanto il mio fosse un pensiero grossolano e sgradevole ma purtroppo fin troppo ricorrente. Inutile aggiungere quanto questa condizione di miseria spirituale, aizzata da un senile rancore, mi procurasse vergogna, sentimento che gestisco con molta difficoltà. Eppure, nei momenti di maggiore fragilità questo pensiero villano non mi abbandonava mai, anzi aumentava di forza quando, per quanto mi sforzassi, non riuscivo a trovare degli argomenti che riuscissero a smentirlo in modo convincente.

Ma perché avrei dovuto?

Negli anni settanta, quando ero un vivace scolaro delle elementari con indosso l'obbligatorio ma democraticissimo grembiule nero, le scuole che frequentavo si chiamavano Martin Luther King ed Eugenio Colorni, il nostro pianeta era popolato da quattro miliardi di persone, l'Occidente era l'unico orizzonte possibile, ecologia un'affascinante parola esotica dal significato incerto, la rete e i social network appartenevano al nebuloso mondo narrativo delle distopie che però, anche nelle più visionarie rappresentazioni, non avevano saputo immaginare un presente simile allo smarrimento in cui stiamo vivendo.

La storia non è una linea retta verticale che ci porta sempre verso un mondo migliore, questa è una menzogna illuminista senza fondamento alla quale non crede più nessuno.

Sul muro davanti a me l'immagine del sindaco occupava tutto lo spazio pubblicitario. Mostrava un volto giovanile e sorridente coperto da un velo di barba non troppo scura, molto rassicurante. Il corpo era proteso in avanti con le mani ben in vista, era vestito casual con le scarpe da ginnastica, la camicia bianca aperta sul petto e i jeans chiari. Dietro di lui s'intravedevano il Castello Sforzesco e il parco Sempione durante la sua vivace fioritura primaverile.

Il sindaco annunciava sorridente la Festa del Solstizio d'Estate. L'evento era pubblicizzato da settimane e stavano arrivando giovani da tutta Italia, specie dalla provincia profonda, oltre che da molti paesi europei. Il tam-tam ovviamente era partito sui social ma, come in una fiera paesana di altri tempi, Milano era stata tappezzata da migliaia di cartelloni di diversa dimensione. Erano ovunque, appesi lungo i viali, nelle grandi piazze, alle fermate dell'autobus e nei mezzanini della metropolitana. Per la prima volta nella storia cittadina, e credo di qualsiasi altra città italiana, il sindaco aveva pensato di organizzare un gigantesco rave diffuso in tutti i parchi cittadini, con ingresso gratuito e della durata di tre giorni. Dal centro alla periferia senza eccezione, usando decine di casse audio piazzate nei luoghi abbastanza ampi dove si potesse ballare, tutto messo a disposizione dal comune, ambulanze, bottigliette d'acqua e servizi igienici compresi.

Il cuore vibrante della festa danzante sarebbe stato il parco Sempione, dove avevano già allestito un palco lungo quaranta metri in cima al grande pratone che porta al castello.

Abbassai la testa per non guardare.

Detestavo quell'immagine, detestavo quel volto, lo trovavo falso e portatore di sventura, nel senso più irrazionale del termine, non mi fidavo del sorriso di quell'uomo, ero sicuro nascondesse inganno e malafede. Mi irritava vedere il suo puerile entusiasmo, la sua volgare bassezza da imbonitore che conduce sempre alla menzogna, manco vendesse unguenti miracolosi porta a porta. Respiravo male, ero ancora agitato e non so se fosse per il caldo, la visita alla casa di mio padre o tutti quei ragazzi in giro con i loro corpi sudati. E, nonostante i miei sforzi per non guardarla, la faccia del sindaco era ancora lì, irremovibile come uno slogan petulante. Mi sentivo preso per i fondelli, eravamo stati tutti raggirati, ancora una volta. Fateli danzare questi giovani senza futuro, si è sempre fatto in questo modo, funziona da migliaia di anni, usassero i gladiatori, le processioni votive, i fuochi di artificio, il linciaggio di un innocente, il palo della Cuccagna, le parate militari, la partite di pallone o i festival canori. Distraeteli dalla realtà che è troppo brutta per essere osservata da vicino. Fateli danzare che dimenticheranno in fretta l'enorme buco nero di fronte a loro e non ci daranno più problemi. Ballate, giovani donne e giovani uomini, ballate fino a sfinirvi, ballate avvolti nel tepore terminale del pianeta, ballate su questo lurido asfalto rovente, non reagite, non pensate che possa esistere davvero un'alternativa, lasciategli fare il loro lavoro che sono tempi difficili.

A essere sinceri, la notizia del rave municipale non è che mi stupisse così tanto, avevo sempre considerato l'idiozia degli italiani come un fenomeno carsico inarrestabile, del quale noi minoranza di uomini e donne colti e avveduti dovevamo solo limitarci a prendere atto, magari scuotendo la testa sconsolati, cercando la codarda solidarietà dei nostri simili che è la cosa più a buon mercato che esista. Perché, in ogni situazione e in ogni caso, l'idiozia diffusa non ci riguardava mai davvero.

Io ero solo uno spettatore, certo consapevole e fin troppo informato ma senza alcuna colpa, né tantomeno responsabilità reali.

Era facile pensarlo e io ci ero sempre riuscito molto bene.

Negli ultimi anni però questa postura sociale da scimuniti era emersa in modo così sfacciato e arrogante da non essere più sopportabile. Finalmente l'idiozia si poteva rivendicare come una espressione di vitalità e coraggio, il rinnovato orgoglio della gente comune. La gente, questo organismo vorace, ottuso e completante privo di qualsivoglia senso. Destra e sinistra, giusto o sbagliato, maschio o femmina, vecchio o nuovo, importante o futile, vero o falso, ma chissenefrega, a chi che vuoi che importi ancora di queste cose che puzzano di muffa; comunque sia e comunque andrà, noi diremo la nostra opinione, perché qualche altro imbecille ci ascolterà e noi solidali ascolteremo la sua di opinione e ci sentiremo entrambi soddisfatti di partecipare a qualcosa che purtroppo non esiste, non è mai esistita e non esisterà mai.

La partecipazione è il più vile degli inganni.

Ridiamo speranza alla nostra città, disse in conferenza stampa il giovane sindaco, riprendiamoci il futuro che ci hanno tolto.

Quale futuro? E chi ce l'avrebbe tolto?

Si fottesse il sindaco e la sua festa danzante. Guardavo il suo sorriso da truffatore e volevo solo essere lasciato in pace, rimanere da solo, ogni ora del giorno e della notte, estraneo, emarginato, irraggiungibile da ogni notizia, completamente privo di stimoli e d'informazioni. Abbandonatemi qui, su questa sedia di plastica puzzolente, testimone di questo infuocato epilogo che non ricorderà nessuno. Abbandonatemi qui, cullato dai miei ricordi d'infanzia, nel mio quartiere tradito e sfigurato. Abbandonatemi qui, non cercatemi più, il poco tempo che mi rimane a disposizione non posso sprecarlo a cercare di giustificare ogni cosa insensata che succede nel mondo. Sono finiti i giorni del sangue, della gloria, dell'odio e di ogni desiderio assoluto, delle voraci moltitudini in marcia e dei sogni che non si avverano mai. Navi di acciaio a solcare gli oceani, cattedrali a sfiorare il cielo per sfidarne la potenza, areoplani ipersonici, viadotti giganteschi che coronano le montagne, città splendenti in mezzo al deserto, centinaia di migliaia di persone in piazza infatuati dal sogno della rivoluzione, eserciti corazzati, promesse di civilizzazione, vile brutalità coloniale, vigore sessuale, sopraffazione, ambizione, conoscenza, folle pretesa di avere tutto.

Portategli pure le merendine e le bottigliette d'acqua a questi poveracci nomadi disperati. Balleranno il giorno e la notte, infine quando si saranno stancati se ne torneranno a casa.

Come ogni volta.

Fortunatamente io andavo verso la periferia ed ero in direzione contraria rispetto al grande flusso di giovani che mezzi nudi, tatuati e con i capelli rasati e sgargianti mi passavano davanti scendendo dal tram. L'impatto di quella torbida energia animale mi disorientò, i miei studenti all'università, coetanei di questi ragazzi rumorosi, erano molto più cauti, soffocati dall'insicurezza e quasi tramortiti dalla realtà, come di norma sono i ventenni che si iscrivono a una facoltà umanistica, praticamente dei disagiati sociali, destinati ad anni di anonimato e povertà, a causa della loro passione o anche solamente della loro solitudine. Non ero abituato a dovermi scansare da corpi energici che si muovono in massa verso un obiettivo preciso.

Salii sul tram 5 rimasto semivuoto e mi sedetti sulla panca di legno. I finestrini erano tutti spalancati ma si sentiva ancora un forte odore di marijuana. La consistenza fisica del fumo mi sembrò troppo materica, arcaica come il legno su cui sedevo, un messaggio da altre epoche. Ancora più forte era il fetore di sudore, la familiarità dei due afrori mischiati evocava la memoria delle estati dei miei disordinati anni giovanili.

La cosa mi fece sorridere, a vent'anni il tempo è quasi infinito.

Il tram procedeva lento, gli alberi del viale erano tutti secchi e ingialliti, alle due del pomeriggio la croce verde della farmacia annunciava quarantadue gradi.

Mio padre era morto e con lui se n'era andato per sempre anche il mondo in cui ero cresciuto. I pensieri si perdevano in un vicolo cieco di rassegnazione.

Il sindaco parlava di futuro ma come era possibile pensarci senza provare terrore?

Come era possibile che nessuno ammettesse, nemmeno le persone intelligenti e di buon senso, che la lotta politica al capitalismo, alla quale avevamo creduto più o meno sinceramente per decenni, si fosse trasformata nostro malgrado in una semplicissima quanto terribile urgenza ecologica e che il modello economico neoliberista ci avrebbe portato all'estinzione qualche secolo prima del previsto?

Avevamo sempre troppo caldo, la pianura rigogliosa e produttiva era arsa dalla siccità e in Europa c'era ancora la guerra, centinaia di migliaia di morti e non sembrava potere finire mai se non con una tragedia ancora maggiore: l'apocalisse nucleare.

Un tempo non lontano bestemmia impronunciabile e poi diventata improvvisamente espressione di uso comune, ripetibile senza timore al bar o a una cena come qualsiasi altra notizia, qualsiasi stupidaggine social da condividere, qualsiasi insulsa opinione di un malcapitato coglione che sorride garrulo davanti a un video.

Eppure, loro, nonostante questo presente disastrato e plumbeo, loro, i ragazzi tatuati con i capelli dai colori sgargianti, loro ancora fumavano marijuana, mostravano i loro giovani corpi, andavano ai concerti, ballavano, forse alcuni di loro si baciavano, facevano all'amore e si struggevano subito dopo per un sorriso incerto, un like mancato o un momento di solitudine.

Forse c'è ancora speranza, pensai non troppo convinto.

Con la manica della camicia mi asciugai il sudore sul collo.

Ero scoraggiato e triste, preoccupato per mia figlia.

Intorno a me tutto sembra succedere senza un senso, da dove viene oggi la forza che crea la storia?

Non c'è nessun'altra visione se non quella del mondo che muore.

La processione

Da una settimana avevo finito la sessione di esami estiva in università, fino a settembre non avevo niente altro da fare che ascoltare musica o guardare la televisione. Di leggere libri non avevo nessuna voglia, anche perché all'occhio sinistro avevo una cataratta piuttosto avanzata, molto precoce disse l'oculista con un certo compiacimento, e facevo fatica a concentrarmi.

A metà luglio avrei dovuto partecipare a una conferenza in Statale dal titolo "Dissipazione e flânerie borghese nella narrativa italiana contemporanea", insieme ad altri miei colleghi, evidentemente esperti del campo, ma non avevo nessuna intenzione di prepararmi e come di consueto avrei improvvisato, visto che l'argomento mi era piuttosto familiare.

Durante quei giorni di insana canicola consacravo la mia esistenza a una totale apatia che si alternava perfidamente a un'ostinata insonnia che nemmeno gli ansiolitici riuscivano a lenire. Privo della forza e della determinazione necessarie per uscire da questo stato di vigile infermità, semplicemente mi abbandonavo all'ozio. Non avendo mai avuto nessun hobby né interessi particolari, potevo stare seduto sul divano anche per molte ore di seguito, specie quando c'erano le grandi corse a tappe di ciclismo con il loro effetto ipnotico e calmante. Ma arrivati a fine giugno eravamo a metà strada fra Giro e Tour, quindi, non avevo nulla da vedere a parte tornei minori di tennis, altrettanto noiosi. Allora, raggiunto con fatica il primo pomeriggio, mi rintanavano in un angolo del giardino a bere bicchieroni di vodka tonic, ascoltando incuriosito i rumori del vicinato: i soliloqui del pensionato reazionario, demente e rancoroso, rivolti a un nemico occulto e potentissimo; gli strazianti litigi fra madre e figlio ventenne disoccupato e senza nessuna possibilità di trovare un'altra casa per liberarsi finalmente della famiglia e della maledizione di quella donna ottusa e cattiva che ostentando affetto e protezione lo umiliava in continuazione davanti a tutti i condomini; le frequenti quanto spettacolari scopate di una giovane coppia del primo piano che teneva le finestre aperte e il loro ritmo di accoppiamento era così nitido e incalzante che riuscivo talvolta a prevedere quando sarebbe arrivato l'orgasmo di lei o almeno la sua rappresentazione; ma anche le semplici conversazioni occasionali consumate sui ballatoi del palazzo di fianco che, essendo più popolare del mio, era ancora un poco movimentato.

Mi ero trasferito nel quartiere Acquabella circa sei anni prima, dopo la separazione da mia moglie Francesca. Separazione consensuale ma molto dolorosa con nostra figlia a fare da tramite di una sofferenza condivisa e per certi versi inspiegabile, così diversi noi dalla la meschinità del mondo che ci circondava. Errore imperdonabile di due persone infantili e viziate, entrambe espressione di una genia progressista e borghese, tipicamente na ma soprattutto milanese, che guardava al rapporto ne momento di eterno innamoramento e armonia, rivendicato egoismo, e non come luogo di abitudini, compromessi e ripensamenti; un patto sociale, insomma, da affrontare con pazienza e compostezza.

Nostro malgrado e nonostante tutte le nostre consapevolezze, fummo vittime anche noi di un retaggio culturale postsessantottino, diffusissimo nella mia generazione come una sorta di malattia endemica per la quale non hanno ancora trovato una cura. I poveri, d'altro canto, non possono separarsi, a meno che non vogliano precipitare nella completa miseria.

Va detto che insieme a mia moglie avevo perso anche la maggioranza dei miei amici più cari. Fu una selezione naturale durata parecchi anni, senza traumi né conflitti drammatici che avrebbero potuto in qualche modo nobilitarla o perlomeno renderla memorabile. Mi ritengo un uomo abbastanza saggio perché ho imparato a non amare troppo me stesso, riservandomi solo qualche indulgenza nei confronti dei miei numerosi vizi. Ma uno dei pochi vantaggi del sopraggiungere dell'età matura consiste nel poter gettare la maschera nei confronti delle proprie idiosincrasie, evitando di dover giustificare ogni scelta, anche quelle più riprovevoli. Di conseguenza, trascorrevo molto tempo da solo e l'occasionale compagnia delle altre persone mi portava spesso al malumore e all'intolleranza verbale. Nel declinare dell'esistenza non ero più disposto ad ascoltare sciocchezze, amenità o anche solo frasi di circostanza che potessero alleviare la tensione.

La solitudine non mi spaventava, la sapevo sopportare con dignità.

Il quartiere Acquabella fa parte del più vasto territorio di Città Studi, confinante a ovest con Porta Venezia, a est con l'Ortica della banda di Jannacci, a nord con Lambrate e a sud con il trafficato viale che conduce all'aeroporto di Linate. Il nome deriva dalla memoria di una cascina milanese rinascimentale che pare potesse vantare delle acque limpide e prodigiose. È un quartiere gentile con delle belle case d'epoca non troppo alte, una serie di villette corporative del Ventennio fascista e dei blocchi di palazzoni popolari proiettati verso l'hinterland; un quartiere privo di grandi contrapposizioni sociali e perlopiù popolato da giovani coppie appartenenti all'ex glorioso terziario avanzato milanese, diventato in pochi anni un paesaggio desolato fatto di disoccupazione, precariato e sfruttamento, mascherato in modo grossolano da opportunità di crescita professionale.

Indebitandomi, ero riuscito a comperare una casa molto gradevole, perlomeno in confronto a tutte le altre dei miei conoscenti. Abitavo al piano terra nell'interno di un grazioso palazzo anni trenta e avevo perfino un piccolo giardino con degli alberi: un pitosforo, un caco e un nespolo, più un rincospermo che con straordinaria tenacia si opponeva alla oramai cronica siccità, diventata maledizione di ogni estate e, nostro malgrado, ridotta ad argomento melodrammatico dall'informazione televisiva, nell'ambito del più vasto e raccontato cambiamento climatico. Ogni sera sullo schermo scorrevano immagini di fiumi in secca, pesci morti nel fango, raccolti perduti ma anche trombe d'aria tropicali alternate a incendi devastanti che si mangiavano la California, l'Australia e le isole del Mediterraneo con tutta la loro macchia erbosa. Presagio di un'imminente desertificazione, cosa molto probabile visto che ogni estate era più calda della precedente, seguendo una inesorabile progressione che sembrava non voler rallentare. Ma tutte queste devastazioni millenaristiche venivano raccontate con il tono accorato ed enfatico della cronaca nera, reso inevitabilmente innocuo dalla consuetudine. Ancora peggio andava in rete, dove, per accalappiare più accessi possibili, i siti meteorologici, ridotti oramai a una sorta di tabloid scandalistici, lanciavano allarmi angoscianti, affibbiando alle ricorrenti ondate di calore nomi mitologici come Minosse, Cerbero o Caronte.

Incurante di tutto questo disastro ecologico, il mio tavolino tondo verde pisello stava proprio sotto al nespolo, in un angolo ombroso e ventilato, per via di un inspiegabile gioco di correnti fra i vari cortili. A torso nudo e indossando solo dei pantaloni corti di cotone senza mutande, sorseggiavo il mio long drink disteso su di una scomodissima sdraio di plastica nera, convinto che l'alcol fosse una benedizione, forse l'unica rimastami, e indeciso se fare o meno un'altra doccia, sarebbe stata la terza della giornata. Ma l'idea di entrare in casa mi sconfortava, in tutte le stanze la temperatura era insopportabile e mi conservavo per la notte le mie due ore di aria condizionata consentite dall'ordinanza comunale per ogni nucleo famigliare, giusto appena prima di coricarmi, in modo da avere un po' di sollievo e forse riuscire a prendere sonno. Come mi aveva insegnato anni prima un cuoco senegalese con il quale condividevo i pomeriggi afosi agostani prima di prendere servizio come cameriere in un noto ristorante della Milano deserta degli anni ottanta, l'unico vero antidoto al caldo è stare immobili, non spostare un arto, mai, per nessuna ragione. E io a stare fermo sono sempre stato bravissimo, lasciando libero sfogo alla mia naturale pigrizia. L'alcol certo aumentava la sudorazione ma serviva al necessario stordimento. In un pomeriggio potevo bere anche tre vodka tonic belli carichi, quattro nei momenti di malinconia che erano i più frequenti.

Ero già arrivato al terzo quando, in un momento di sciagurato entusiasmo, decisi di fare una passeggiata ai nuovi giardini di viale Argonne, orgoglio e vanto dell'Acquabella. La speranza era quella d'incontrare la piacente signora cinquantenne del quinto piano a spasso con il cane ma probabilmente era ancora troppo presto. Dopo essermi sciacquato i piedi e la testa con la canna che usavo per innaffiare le piante, gesto rituale che anticipava ogni tentativo di sortita dall'appartamento, affrontai la strada vestito il più leggero possibile, indossando sandali, pantaloni larghi e un po' di contanti nel taschino della camicia a maniche corte.

Niente altro, nemmeno il cellulare e le chiavi che avevo come al solito incastrato in una intercapedine della cancellata del giardino, nascondiglio che conoscevano praticamente tutti nel palazzo.

Camminavo lento, goffo e claudicante per via dei sandali tedeschi, rinomati per la suola anatomica, che però a me hanno sempre causato un'andatura precaria, come fossi in bilico sopra una corda tesa fra due grattacieli.

Uscito dal portone, trascorsi solo pochi metri, vidi la carreggiata della strada occupata da un manipolo di persone che faceva yoga coricata sull'asfalto, protetti solo da dei tappetini di gomma molto sottili. Gli operai mandati dal comune avevano bloccato l'accesso alla via alle automobili per non so quali lavori di manutenzione e loro da circa un mese si trovavano quasi tutti i giorni per respirare l'odore dei tubi di scappamento, circondati da piscio, merda, cicche di sigarette e scatarrate. Invece che andare al vicino parco preferivano la strada, come gesto simbolico di riappropriazione degli spazi cittadini, o perlomeno così avevano scritto su di un volantino appeso lungo tutta la via. Erano perlopiù donne di quaranta e cinquant'anni dall'aspetto vagamente hippie, depurato da qualsiasi velleità di radicalismo sociale, ma c'era anche un uomo mio coetaneo con i pantaloncini corti attillati, le gambe ossute, la canotta lisa e l'aria sprovveduta di un malcapitato che non aveva mai, neanche per un singolo istante, capito qualcosa del mondo in cui stava vivendo. Le civiltà si deteriorano in questo modo, pensai, senza guerre devastanti, drammi o tragedie ma attraverso una serie inarrestabile di piccole meschinità evitabili, di cadute effimere di cui non ci accorgiamo, perché marginali e all'apparenza innocue, ma da cui non ci si rialza più. Forse ispirato dal sole rovente più che dal colore sintetico dei tappetini di gomma, mi vennero in mente i culti misterici e orientali diffusi durante il crepuscolo dell'Impero Romano, certe associazioni diventano inevitabili dopo una certa età. Sdraiati sull'asfalto della mia via, immersi nella sporcizia e nella banalità del mondo, quei poveri disgraziati creavano un paesaggio così stupido e sciatto da diventare inutile, mancava il mistero, il fascino dell'iniziazione, la volontà aristocratica della distinzione.

Il risentimento mi fece istintivamente aumentare il passo come se volessi sottolineare la distanza fra me e loro con un gesto che fosse prima di tutto fisico. Ma l'accelerazione la pagai cara, alla fine della via ero già privo di energie e mancavano ancora due o trecento metri di camminata sotto il sole. Incollata sopra i muri del mercato comunale coperto c'era la solita carrellata di manifesti fotocopiati che annunciavano la pronta riapertura dei vari negozi. Qualche anno prima, quando ancora i termini guerra e pandemia non facevano parte del comune lessico occidentale, avevano tentato di rilanciare il commercio del quartiere attraverso un bando per la ristrutturazione degli spazi demaniali rimasti inutilizzati. Friggitorie di pesce, finger food etnico, spacci di prodotti tipici regionali, panetterie con caffetteria erano falliti tutti prima di cominciare, sopraffatti dalla crisi economica e dall'aumento incontrollato dei costi delle materie prime. Anche le insegne erano oramai sbiadite e nessuno faceva più caso alle saracinesche abbassate, sparse come insetti morti in ogni punto della città.

Arrivai sul viale alberato dove cominciavano i giardini pubblici e per prima cosa andai dritto verso la fontanella che a Milano chiamano drago verde per via della forma del rubinetto che ricorda il simbolo della città, il biscione medievale del duca Ottone Visconti, sterminatore di infedeli in Terra Santa. Che poi in origine era il Drago Tarantasio, la bestia leggendaria nascosta nelle acque del lago Gerundo, il mare padano limaccioso prosciugato dai frati di san Colombano nel basso Medioevo e poi dimenticato da tutti, escludendo la toponomastica che non scorda mai nulla.

Bestia terrificante ma molto saggia, Tarantasio era il figlio prediletto della pianura monotona e insalubre, eppure fertilissima, che ha creato il benessere di tutti i lombardi delle generazioni a venire. Anche io avevo bisogno del suo sollievo, mi avvicinai, misi l'incavo delle mani sotto al getto e bevvi a brevi sorsate, la freschezza insapore dell'acqua mi diede conforto. Poi feci scorrere il sottile rivolo lungo la schiena, concedendomi persino un brivido, seppure momentaneo. Adesso potevo dirigermi verso il campo da pallacanestro.

In giro non si vedeva nessuno, neanche un bambino a giocare sulle altalene e tantomeno la signora piacente a spasso con il cane. Le panchine dei giardini erano tutte libere, faceva ancora troppo caldo per i pensionati del quartiere.

Arrivato nell'area sportiva, nonostante avessimo superato i quaranta gradi, quattro giovanotti a torso nudo si stavano sfidando a un massacrante due contro due. Mi sedetti sul tavolo da ping pong di cemento per guardarli. Da una parte ero ammirato dal loro coraggio, dall'altra mi sembravano dei pazzi incoscienti. L'incoscienza della gioventù che genera mondi e può anche distruggerli. Quando ero giovane mi piaceva giocare a basket ma, pur essendo un play maker esplosivo e talentuoso, cresciuto nell'esaltante mito di Magic Johnson, non avevo mai amato le sfide troppo agonistiche, come se vincere o perdere fosse sempre una questione personale da risolvere sul cemento senza provare pietà per l'avversario. La partita tradizionale, invece, la ressa caotica e tumultuosa di dieci giocatori sotto un unico canestro, mi sembrava il modo migliore per valorizzare la mia grande ispirazione, nascondendo allo stesso tempo la scarsa voglia di correre e difendere.

Mentre guardavo inebetito i ragazzi giocare, una giovane mamma con la carrozzina mi passò davanti con lo sguardo perso nel vuoto. Aveva i capelli castani raccolti all'indietro e indossava un leggero vestito color panna, lungo fino alle caviglie, ingrossate come due angurie. Le sorrisi e lei si trovò come disarmata, prima di ricambiare il sorriso e sussurrare una frase che non capii ma che aveva a che fare con il grande caldo.

Birra, pensai, qui ci vuole una birra.

Mi rimisi in marcia per raggiungere il baracchino delle bibite, distante una cinquantina di metri. Mentre camminavo mi parve di sentire una musica in lontananza ma il rumore delle macchine sfreccianti verso piazzale Susa mi riportò al presente.

La ragazza che gestiva il chiosco si chiamava Jasmina, era molto giovane e seducente, come lo sono le adolescenti sfrontate che affrontano il mondo qualche anno prima dei loro coetanei maschi, perlopiù tonti e creduloni. Mi conosceva bene perché andavo a trovarla quasi tutti i giorni.

Arrivai al bancone e la mia birra era già pronta, contenuta nel piccolo bicchiere da birra tedesco, quello con il manico laterale, ghiacciato fino a diventare bianco.

Buongiorno professore, disse Jasmina.

Era seduta su di un vecchio frigorifero della Coca Cola, portava i pantaloni di jeans corti e i piedi nudi pitturati di azzurro appoggiati sopra uno sgabello rosso con l'imbottitura in pelle vagamente vintage, il grande ventilatore puntato sul viso le seccava il sudore sulla fronte che invece si allargava ampio sotto al piccolo seno da cui si vedevano chiaramente spuntare i capezzoli, in pressione sulla maglietta di almeno una taglia più piccola. Da dentro il baracchino arrivavano le note di *Tropicana* del Gruppo Italiano, un vecchio successo anni ottanta riproposto ogni estate, tanto che nessuno ricordava più quando fosse stato inciso.

Per favore mi dai anche delle patatine, chiesi abbozzando un sorriso sghembo. Non ero lucidissimo, mi girava un poco la testa, probabilmente a causa dell'umidità assurda, dello Xanax preso al mattino e dei tre vodka tonic consecutivi.

Mangiare qualcosa mi avrebbero certo aiutato, la sapidità infonde coraggio. La birra era fresca e piacevole, mi appoggiai al tavolo tondo senza sedie proprio di fronte al cipiglio annoiato ma comprensivo di Jasmina.

C'eravamo solo io e lei.

Ti ho sempre cercata, ti ho sempre guardata, in ogni posto dove sono stato i miei occhi sono sempre stati su di te.

Faceva così caldo che l'aria sembrava fatta di cotone, la cantante mora intonava tropicana ye e io tornavo all'estati interminabili del Novecento, ai lunghi viaggi avventurosi senza meta, alle navi mediterranee che non sapevi dove andassero perché ogni destinazione poteva essere quella giusta, alla Renault 4 assemblata allo sfasciacarrozze di Quinto Romano, sgangherata e indistruttibile ma che ti portava fino in Spagna e ancora oltre, ai capelli colorati di rosso dello stesso colore degli anfibi inglesi proletari, alla Cabaña Palenque in riva all'oceano delle meraviglie, alle centinaia di ragazzi africani che alle sei del mattino giocavano a pallone per ingannare la canicola del giorno, alle migliaia di chilometri in sella a una motocicletta seguendo le rotte costiere dei Dori, agli errori che era giusto fare e che hai fatto senza mai pentirti, alle foto sbiadite di una gioventù ancora da addomesticare, alle ragazze che non hai più visto, ai loro sorrisi, ai loro corpi nudi, agli attimi d'improvvisa e inconsapevole felicità; pensavo ai decenni che non finiscono mai e tornano, tornano ogni volta più sbiaditi, fino a che non si distinguono più fra di loro e la vita sembra non avere avuto mai nessuno strappo e nessuna differenza ma solo una serie di abitudini poco attraenti.

Tu dovresti fumare professore, disse Jasmina, senza cambiare espressione. La guardai incuriosito, inghiottendo una patatina. Fumando sigarette il tempo passa più in fretta, aggiunse, e si vedeva che lo sapeva per esperienza, attingendo alla memoria arcaica dei vecchi balcanici seduti immobili davanti alle taverne con il rosario in mano, sorseggiando tè color mogano nel piccolo bicchiere di vetro. Vecchi che probabilmente non aveva neanche mai visto, essendo nata all'Acquabella, figlia di una giovane donna di Valona arrivata in Italia negli anni novanta, durante il memorabile esodo causato dalla fine della dittatura comunista di Enver Hoxha e dei suoi anonimi successori.

Non risposi, mi limitai ad annuire mentre prendevo un altro sorso di birra. Ma non ero affatto d'accordo con lei, per quale strambo motivo il tempo dovrebbe passare più in fretta? Lo scorrere delle nostre azioni deve essere lento, estenuante, meditato. Da che ho memoria, ne sono sempre stato ossessionato. A nove anni, a scuola, imprigionato in classe nella sedia all'ultimo banco, aspettando che finisse la lezione guardavo l'orologio, contando i secondi di ogni singolo minuto. A venti anni, superata la metà di luglio per me qualcosa si rompeva, l'estate era finita e non c'era più nulla da contare. Compiuti i quarant'anni, e quindi ragionevolmente superata la metà dell'esistenza di ogni uomo, mi consideravo già proiettato nella mia fase terminale e misuravo il tempo in unità più brevi, mancando la necessaria proiezione per fare progetti a lungo termine. Non esiste nulla per cui rallegrarsi, nessuna euforia incontrollabile che ti permetta il privilegio dello smarrimento o addirittura dell'oblio. Diffido degli stolti che gioiscono entusiasti per il tempo che è volato.

Come si dice in questi casi: è trascorso così veloce che non me sono nemmeno accorto. Quanto dovevi essere eccitato, povera creatura senza immaginazione, per precipitare in un limbo di serenità così profondo e irritante.

Io voglio sapere tutto.

Dov'ero io quando hanno preso il volo i minuti e poi le ore e i giorni, i mesi e gli anni? Cosa stavo facendo? Dove stavo andando? Nessuno me li ridarà indietro. Non facciamo ingannare dalla semplicità delle nostre emozioni, sono tutte illusioni che svaniranno in fretta, bisogna stare ben saldi a terra per capire le cose, l'unica nostra difesa è annoiarci con metodo, fermarsi a guardare ogni piccolo particolare, registrare ogni movimento.

I giorni, le ore, persino i minuti non devono passare mai.

Il basso era forte e cadenzato, il suono arrivava alle mie spalle ed era come un battito cardiaco amplificato, sempre più potente e minaccioso. Mi girai verso la strada, distante poche decine di metri. Non passavano più automobili, la carreggiata era libera mentre la musica aumentava di potenza. Salutai Jasmina e abbandonai il tavolo per raggiungere il viale alberato.

C'ero solo io lungo la strada assolata, tutto era fermo, sospeso in una sorta di limbo privo di materia, si sentiva solo l'incedere monocorde della musica sempre più vicino. Improvvisamente tre motociclette della polizia municipale sbucarono dall'incrocio, schierandosi in linea orizzontale per aprire quella che si annunciò da subito come una processione.

Il primo autocarro era rosso magenta, si vedeva solo la cabina, dietro il semirimorchio era completamente aperto, sul pianale trasportava degli enormi altoparlanti da concerto. Una bandiera nera con sopra disegnato un teschio stilizzato color argento, sventolava issata sopra la cassa più alta e c'erano delle luci fosforescenti viola appese a un filo tirato intorno al camion, che pulsavano intermittenti nella foschia afosa del pomeriggio. Centinaia di ragazzi ballavano musica techno, erano tutti biondi, perlopiù rasati a zero, indossavano tute azzurre e canotte colorate.

Nessuno di loro parlava, pensai fossero tedeschi o magari olandesi e danesi, arrivati dal nord Europa per partecipare al rave del sindaco. Dietro s'intravedeva una lunga fila di altre motrici, forse incolonnate già dall'uscita della tangenziale. Presto la musica divenne assordante, mi fermai stordito a guardare la parata. C'erano camion di ogni genere e di ogni taglia, addobbati con scenografie diverse mentre i ragazzi si assomigliavano tutti, come è sempre stato. Anche la musica era la stessa, le casse erano collegate tutte a un'unica fonte sonora, un battito continuo, monotono e dozzinale, senza variazione di ritmo né alcun tentativo melodico.

I ragazzi ballavano alzando le gambe all'unisono, prima una e poi l'altra, ripetitivi fino all'alienazione, tenendo le braccia lungo il corpo, evitando di toccarsi, apparentemente attoniti ma consapevoli dello spazio intorno a loro, come in una parata militare totalitaria dove sono più importanti gli automatismi del battaglione che l'estro guerriero del singolo soldato. I barbari non ammettono complicazioni, pensai, e mi parve una cosa molto sensata.

Avevo già visto passare una decina di autoarticolati quando un razzo rosso sparato in cielo annunciò l'arrivo di un camion più grande e spartano degli altri. La motrice era dipinta di nero, marchiata con dei simboli tribali gialli disegnati con la bomboletta spray. Sopra alla cabina troneggiava una enorme testa di orso, grondava sangue e pareva strappata dal busto dell'animale, a parte gli occhi che brillavano arancioni fosforescenti. Su ogni angolo del cassone s'impennavano quattro torce infuocate alte almeno quattro metri, alimentate con un liquido nero che ricordava la pece usata negli assedi medievali. Dietro al camion scorrevano ragazzi più liberi e selvaggi dei precedenti, emersi da un caos primordiale per precipitarsi in viale Argonnc come una banda di Comanche in cerca di saccheggio dopo migliaia di chilometri di cavalcata. Sembravano italiani ma era impossibile verificarlo, ballavano scatenati una musica diversa e più articolata di quella ascoltata fino a quel momento, senza seguire nessun movimento collettivo ma lasciandosi andare a un estro senza controllo. Indossavano anfibi o scarpe di plastica nera con la suola enorme, altri invece erano scalzi, i piedi neri e callosi bruciavano sull'asfalto rovente. Erano tutti a torso nudo, anche le femmine che portavano delle calze a rete strappate sulle mutande di pizzo nero. Erano tatuati con disegni bislacchi dai colori sgargianti, gli stessi dei capelli portati lunghi, oppure con la cresta o ancora rasati ai lati in modo approssimativo. I più invaghiti nella danza, indossavano maschere raffiguranti animali totemici. Molti si baciavano e si palpavano leccandosi mentre bevevano vino bianco caldo, passandosi bottiglie di plastica da due litri. Un grosso pastore maremmano, cattivo come il demonio, abbaiava feroce verso la testa dell'orso mentre altri cani più piccoli ma altrettanto rabbiosi giravano come impazziti intorno al carro, anticipando quella che appariva come una vera e propria bolgia di corpi sudati e vocianti, bruciati dal sole.

Mi avvicinai per guardarli meglio, l'odore di sudiciume misto al fumo della pece mi colpì fino quasi a stordirmi, la musica era sempre più ossessiva, l'aria era sempre più densa, il pomeriggio si prendeva in ostaggio tutto l'ossigeno mentre il cagnaccio continuava a ringhiare.

Il mio tentativo di ammirare la potenza del nuovo mondo era naufragato come ogni altra possibilità di capire.

Attraversai la strada e mi incamminai verso casa.

Qui ci sono i giovani uomini, questi saranno giorni di dolore.

Superata la mezzanotte, non mi ero ancora pacificato con il malessere della giornata. Ero seduto all'aperto al mio solito tavolo con le spalle protette dalla siepe di oleandro. I posti a sedere sotto agli alberi erano quasi tutti vuoti e la Bella Aurora, un celebre locale di zona Venezia arredato in stile francese, attenuato da un vago rigore mitteleuropeo, appariva riposante e malinconica, come dovrebbe essere ogni bar degno di essere frequentato.

Il grande caldo sconsigliava di indugiare in attività sociali e uscire fuori a bere la sera era diventato un vizio poco popolare in periodo di grave recessione economica. Resistevano solo i pochi clienti che non avevano problemi di denaro e quelli che come me che non potevano farne a meno.

L'aria era immobile e il cielo coperto da una subdola foschia che nascondeva le stelle, sempre molto rare a Milano, specie nelle notti di luna crescente. Sorseggiavo con calma una birra rossa britannica, sbirciando la partita a dama che, in un tavolo interno, Lorenzo, il proprietario, stava giocando con un imperturbabile avversario che nell'ultima mezz'ora non aveva detto nemmeno una parola.

Lorenzo aveva ben più di settant'anni, basso ma ancora robusto, gestiva il bar ormai da due generazioni, cercando di assecondare i clienti il meno possibile, talvolta sfiorando l'aperta ostilità. Era un vecchio amico di mio padre, mi aveva visto crescere fin da quando, ancora bambino, gironzolavo impunito nella trattoria che allora gestiva con altri ragazzi capelloni in fondo a viale Monza, sul naviglio della Martesana, circondato da pregiudicati della ligéra, fiancheggiatori delle Brigate Rosse e intellettuali di movimento. Lorenzo veniva dal Casoretto, un quartiere popolare con una lunga storia operaia e comunista alle spalle. Da giovane aveva fatto parte di Lotta Continua militando nel servizio d'ordine. Erano ragazzi idealisti e determinati, più vittime che protagonisti della formidabile temperie del secolo. Quella stagione politica era finita da così tanto tempo che se ne era persa persino la memoria ma in certi momenti un occhio attento poteva riconoscere nel volto consumato e impassibile di Lorenzo il ricordo di un'antica determinazione che, a seconda delle circostanze, poteva trasformarsi in ferocia.

Questo suo passato giovanile lo rendeva ancora un uomo enigmatico e temuto, sebbene non ci sentisse quasi più e non fosse sempre molto presente con la testa, dato che beveva senza sosta da quando portava le braghe corte.

Dalla parte opposta del giardino sedeva Marco, un silenzioso architetto cinquantenne con la barba, anche lui forte bevitore.

Ci salutammo con un gesto del viso, eravamo gli unici che trascorrevano le serate al bar da soli e questo comportava una sorta di rispetto senza spiegazioni.

Amo bere al bar senza fare conversazione con nessuno, ci posso trascorrere anche molto tempo, annoiandomi con elegante compostezza. Ordino perlopiù birra e superalcolici, talvolta mischiandoli in modo sconsiderato. Non amo il vino perché mi fiacca o mi rende aggressivo, talvolta entrambe le cose. Seduto al bar ho un punto di osservazione privilegiato sulla realtà, perlomeno su quella che mi interessa, più superficiale e accessibile, giudicabile con pochi strumenti a disposizione. Ovviamente, non mi interessa nulla delle conversazioni dei miei vicini di tavolo ma mi piace restare assieme a loro come muto testimone. E, mentre osservo, immagino le storie che possono esserci dietro i loro comportamenti: i sorrisi, i contatti fisici, la fuggevole gioia dell'ebbrezza ma anche la consuetudine dei gesti, le frasi di circostanza, l'imbarazzo condiviso, oppure il disagio della presenza fisica trattenuto a stento.

Questa mia abitudine in passato mi ha creato qualche problema. Alcuni clienti, specialmente i giovani maschi più possessivi, pensavano volessi sfidarli. Ma si sbagliavano, non mi interessava nulla del loro orgoglio e della ridicola territorialità da presidiare. Preferisco osservare le donne, di qualsiasi età.

Sono più belle, meglio vestite, specie d'estate, quando gli uomini ritornano nelle caverne a rosicchiare le ossa, e poi sono più guardinghe, sebbene imprevedibili. Sorprese da uno sguardo in pubblico, cercano sempre una postura che le renda meno vulnerabili nei confronti dell'osservatore.

Prima si spensero tutti i lampioni, poi le luci del bar e quindi quelle provenienti dalle finestre dei palazzi circostanti. In pochi secondi fummo avvolti da un buio tiepido e profondo. Era una notte con la luna quasi piena, si potevano distinguere le forme delle persone. Per alcuni minuti non parlò nessuno, ci cullammo nell'improvvisa tenebra come fatto ineluttabile e forse anche gradito.

Mi sentivo tranquillo avvolto nella mia comoda sedia di legno, mi sfilai i sandali e, con i piedi nudi che toccavano la ghiaia, riuscivo finalmente a sentirla in quanto materia e non semplice arredo da giardino.

I blackout notturni erano sempre più frequenti ma in fondo era poco tempo che avevamo addomesticato la luce per illuminare la notte e scacciare gli incubi, i succubi e le bestie selvagge nascoste nell'oscurità. Finito di lavorare nei campi, nonostante la brutale stanchezza ne rallentasse il passo, il mio bisnonno tutte le sere percorreva dieci chilometri a piedi nel buio dei sentieri di campagna per andare bere nell'unica osteria aperta della Val Trebbia. Che poi era quello che stavo facendo io, non cambiava molto. Dimenticando per un momento il tumultuoso progresso tecnologico del Novecento, si trattava sempre di denaro in cambio di alcol e noialtri bevitori incalliti potevamo certamente aspettare seduti al buio qualche decina di minuti senza farci prendere dal panico, tanto nessuno ci stava aspettando a casa preoccupato per la nostra sorte, eravamo liberi di fare mattino come meglio credevamo.

Alzai la testa per guardare la volta notturna, invano, nemmeno il blackout riusciva a ridarci le stelle.

Il silenzio fu spezzato da una bestemmia di Lorenzo e altri rumori di sedie spostate in modo brusco. Di fronte a me Marco si accese una sigaretta, illuminandosi il viso per un secondo.

Hai abbastanza da bere, gli chiesi.

Sì, Ivan, più di mezza pinta.

Allora va bene.

Passate le due di notte, Lorenzo cacciò dal bar gli ultimi tenaci clienti e tirò giù la serranda del locale. Piuttosto brillo ma ancora vigile, m'incamminai verso l'Acquabella che dal bar distava poco più di un chilometro. Mi piace camminare di notte dopo avere bevuto. Durante la mia lunghissima gioventù credo che i momenti più sereni li abbia trascorsi proprio in questi pellegrinaggi solitari e sognanti, quando ci illudiamo possa accadere qualsiasi cosa.

La città di notte sembra essere fatta di un'altra sostanza: i ricami delle ombre, così simili ai ricordi, le luci degli appartamenti ancora accese che lasciano immaginare l'insonnia e i tormenti nascosti delle ossessioni, gli sparuti essere umani incontrati lungo la strada che con il loro precario incedere raccontano storie di solitudine, il pericolo improvviso che può attenderti dietro ogni angolo.

Mentre cammini, se hai il privilegio di percorrere molta strada, l'effetto dell'alcol progressivamente si stempera ma è ancora capace di suggestionarti, di farti sperare che succeda qualcosa di magico o anche solo d'imprevisto. Come in una storia di Corto Maltese, il marinaio avventuriero che era solito conversare con un antico pozzo in un campiello del Ghetto di Venezia; e se il pozzo cambia colore posseduto dal demone Arlequin, l'immaginazione può condurti verso luoghi che di giorno non visiteresti, perché non esistono. Si nasconde uno spirito visionario ed evanescente nelle illusioni di una passeggiata notturna. Sono vivide e seducenti ma immancabilmente svaniscono con la luce del mattino, lasciandoti libero di affrontarle di nuovo la notte successiva.

Quella sera non avevo bevuto in modo eccessivo ma era stata una giornata lunga e faticosa, non vedevo l'ora di tornare a casa per accendere finalmente l'aria condizionata, usufruendo delle mie due ore comandate. Camminavo sotto gli alberi in direzione di viale Regina Giovanna, quando vidi una figura muoversi in mezzo all'incrocio deserto, dove si incontrano le rotaie dei tram. In un primo momento non capii bene chi o cosa fosse, avevo la fronte sudata, la cataratta che peggiora parecchio di notte e gli occhi gonfi per l'allergia, e poi ero molto stanco.

Continuai a camminare nella sua direzione, finché non gli fui quasi davanti. Era un ragazzo, avrà avuto vent'anni, forse qualcosa in più. Mi sembrò molto magro, in modo patologico, gli zigomi sporgevano fino a quasi uscire dal viso, pallido come alabastro.

Era vestito con una tuta di cotone e una maglietta bianca, i capelli corti blu elettrico si distinguevano nella luce lunare.

Legato fra il collo e la spalla indossava un piccolo marsupio nero con la scritta HARDCORE, rossa fluo. Si muoveva a scatti, con lo sguardo fisso rivolto verso il basso, come se cercasse qualcosa ma i suoi occhi erano spalancati e vuoti. Gli girai intorno, facendo tutta la circonferenza, e poi mi fermai a un metro da lui. Non si era accorto di me, forse perché alle orecchie portava delle cuffie audio quasi invisibili.

Continuava a ballare piegando e agitando le braccia alternate alle gambe, seguendo una cadenza semplicissima, simile a quella dei robottoni elettrici dei primi anni ottanta.

Passò del tempo, non so quanto, mi ero incantato a guardarlo senza che lui s'infastidisse o almeno mi notasse.

Lui ballava e basta.

Poi gli feci cenno con una mano.

Non alzò neanche la testa.

Risveglio

Mi svegliò la lingua ruvida di Aziz, il gatto del vicino, entrato dalla finestra della camera da letto, lasciata aperta per catturare il fresco del pitosforo. Veniva da me tutte le mattine, in cerca di cibo e di qualche carezza. Alzatomi dal letto bestemmiando la mia schiena malandata, mi trascinai in cucina e con gesti automatici, non ancora completamente lucidi, misi sulle piastre dell'induzione la macchinetta del caffè. Passate da poco le otto, faceva già un caldo insopportabile. Ed eravamo solo all'inizio, il peso di un'interminabile giornata da trascorrere nella noia più totale incombeva sul mio fragile equilibrio emotivo e non c'era nessuna via di uscita se non quella di una risentita rassegnazione. Allora provai a uscire in giardino, all'aperto faceva ancora più caldo. Il cielo era bianco senza sfumature, sembrava la pancia di un asino, come diceva il mio amico spagnolo Manuel, un simpatico spacciatore di Granada che negli anni novanta ospitai nella casa occupata di Aspromonte per alcune settimane: *Ivan, de puta madre, esta mañana el cielo parece el vientre de un burro.*

Sconfortato, tornai dentro, aprii il frigo e tirai fuori l'occorrente per farmi un toast. Diedi un pezzo di prosciutto cotto ad Aziz che lo mangiò in un solo boccone, privo di ogni eleganza felina. Era il motivo per cui amavo quel gatto, specie quando cercava di abbaiare per imitare il pastore tedesco del cortile vicino, producendo una sorta di straziante latrato, incomprensibile per qualsiasi razza animale. Avrebbe trascorso con me tutta la mattina, speranzoso di potersi procacciare altro cibo. Con il toast tiepido e la tazzona di caffè in mano mi stravaccai sul divano, il sudore mi colava sul petto raggiungendo l'ombelico. Usando il telecomando scovato fra le pieghe dei cuscini, azionai lo stereo per fare partire il CD dei Calexico. Le loro chitarre desertiche mi sembravano adatte al clima della mattinata, come la meravigliosa tromba che richiamava adunate senza speranza.

Nel corso dei decenni non ho mai smesso di comprare i CD, ho la pretesa di ascoltare la musica proprio nell'ordine esatto deciso dall'autore, riconoscere il suo percorso artistico senza essere scavalcato da nessuna randomizzazione dell'algoritmo. Voglio saper distinguere i picchi creativi, le fasi di transizione e le cadute che sono sempre i momenti più importanti perché illuminano la misura dell'ambizione. Voglio inserire il disco nel lettore e poi quando è finito toglierlo e forse inserirne un altro, a seconda dell'umore. La manualità mi restituisce il senso di una scelta ponderata e il tempo necessario per compierla, oppure per cambiare idea, cosa che posso decidere agevolmente vista l'ampia discografia a mia disposizione. Pochi amici apprezzano questa mia passione, pensano che io sia un nostalgico barbogio.

Loro, del resto, non sono più abituati a scegliere.

Squillò il telefono ma era ancora troppo presto per avventurarmi in una conversazione che potesse essere un minimo coerente, quindi non mi alzai dal divano e lasciai che la suoneria, *Handsome Devil* degli Smiths, andasse avanti per circa un minuto. Finita la musica però mi venne una sorta di senso di colpa, sentimento che di norma accompagna la noia, per non avere risposto e allora mi sforzai di raggiungere il cellulare sul tavolo della cucina. Sullo schermo vidi un messaggio vocale di Micol. Schiacciai play, già preoccupato. Era troppo presto per ricevere una buona notizia.

Con voce lamentosa mi disse che non era riuscita a dormire per il grande caldo, in camera di Marianna non c'era l'aria condizionata, poi mi chiese se stessi bene ma si capiva che stava tergiversando ed era altro di cui voleva parlare. Finché pronunciò la frase fatale. Nel tardo pomeriggio sarebbe andata con un gruppo di amici al parco Sempione per vedere come fosse questa famosa festa danzante di cui tutti parlavano.

Imprecai senza farmi sentire e subito feci il suo numero ma il telefono squillò a vuoto.

Era proprio quello che temevo.

Incazzato, ansioso e già con le gambe che tremavano, buttai il toast nella spazzatura e tornai in giardino per stendermi sulla sdraio che in quel momento era il luogo più inospitale del mondo.

L'aria stagnava immobile, mi bruciavano gli occhi e respiravo con molta fatica, il cielo bianco sembrava sempre più basso e per un istante mi parve essere attraversato da una sorta di ragnatela nera filamentosa, tutto intorno a me sentivo calare un'atmosfera cupa e angosciante, come di pericolo imminente.

Vigliacco, pensai, sono un vigliacco, è colpa mia e della educazione da pavido pappamolle che ho condiviso con sua madre per conformismo e convenienza. Devo dirglielo che al rave non ci può andare: tu al parco Sempione non ci vai! Proprio così, un ottuso divieto, secco, patriarcale, senza inutili sfumature o spiegazioni. E subito dopo uscire e andarla a prendere con l'automobile ovunque sia e riportarla a casa per rinchiuderla nella sua stanza fino alla fine del rave, come deve fare un risoluto padre autoritario che sarà prima odiato e poi rimpianto per tutta la vita.

La festa no, cazzo, c'è troppa gente in giro, troppi imbecilli riuniti in branco a fare danni, troppa energia primitiva da sprecare nel modo peggiore, che poi è l'unico modo possibile; può succederle qualsiasi cosa e in questi casi succede sempre.

La festa no, cazzo, la festa no.

Sospirando feci il numero di Francesca. Rispose dopo due squilli, credo fosse in agguato davanti al telefono.

Micol va alla festa al parco Sempione, ti ha avvisato?

Dissi senza nemmeno salutare. Dall'altra parte non si sentiva nulla, pensai avesse riattaccato.

Non sono riuscita a impedirglielo, rispose parlando in modo concitato, ci vanno tutti i suoi amici deficienti a quella festa di merda e poi è rimasta a dormire da Marianna, non posso nemmeno chiamarla che subito mette giù il telefono, oppure lo lascia squillare a vuoto, si vergogna di sua madre.

Francesca molto raramente si sfogava usando espressioni volgari, doveva essere davvero angosciata. E nonostante fossi più ansioso di lei ero io a doverla rassicurare, perché nella coppia era sempre stato quello il mio ruolo.

Vedrai che andrà tutto bene, se hai bisogno chiamami.

Qualche ora dopo mangiai un panino con il tonno e la cipolla rossa cruda accompagnato da un bicchiere di vino bianco piuttosto scadente. Mi venne subito l'acidità di stomaco, sicuro di peggiorarla mi feci un altro caffè, una scelta imprudente perché la caffeina mi aumenta il battito cardiaco e l'aggressività, come se poi servisse a qualcosa.

Accesi il televisore e guardai un telegiornale che ebbe la premura di avvisarmi che durante il giorno precedente oltre settantamila giovani erano già arrivati a Milano per partecipare al rave e che oggi se ne aspettavano almeno il doppio. I ragazzi avevano ballato tutta la notte e continuato anche al mattino, molti danzatori erano ricoverati al pronto soccorso per collasso o disidratazione e c'erano stati stupri, molestie ed episodi di violenza in tutta la città, provocati da bande di ragazzi vestiti con le felpe in acetato, perlopiù di origine maghrebina ma non solo, provenienti dalla periferia e dall'hinterland. Per qualificarli il giornalista usò la definizione maranza e la cosa mi fece subito innervosire perché parola stupida e razzista, tipica banalizzazione dell'informazione locale, in questo caso anche male informata. Secondo la vulgata comune emersa negli ultimi anni, maranza sarebbe nata dall'unione fra le parole marocchino e zanza. Una fesseria vera e propria perché il termine maranza era già usato negli anni ottanta, quando per le strade della città di giovani marocchini non se ne vedeva nemmeno uno, e si riferiva molto precisamente a uno zanza, ladro o truffatore nel ve.. milanese, ma con una inclinazione più malvagia e pericolosa.

Passando con un cambio di tono e di mimica facciale dall'allarme all'indignazione, il giornalista aggiunse che la polizia era intervenuta nottetempo per arrestare gruppi di saccheggiatori, scatenatisi nelle grandi vie commerciali, con tanto di bancomat divelti, assalti ai negozi, automobili usate come arieti per sfondare le vetrine delle gioiellerie, uso di lacrimogeni e persino un isolato lancio di molotov in corso Vercelli contro una camionetta della celere, pare ad opera di militanti anarchici stranieri, forse greci, perché quando non sanno di cosa parlano danno sempre la colpa agli anarchici greci che secondo i giornalisti rappresentano la spina dorsale di una internazionale Black Bloc mai veramente esistita.

Ascoltai il bollettino di guerra con la tensione che montava senza freni, ero troppo nervoso e preoccupato per stare fermo, mi spostavo dal divano alla sdraio senza darmi un attimo di tregua, sotto gli occhi impassibili del gatto che aspettava il prosciutto.

Che fare? Non potevo rimanere il pomeriggio in casa a consumarmi nell'attesa che succedesse qualcosa. Dovevo reagire, che sarà mai questo rave, pensai, cosa avrà di diverso da tutti gli altri rave da quarant'anni a questa parte, a parte il caldo da collasso, le decine di migliaia di persone appiccicate una sopra l'altra, gli assalti politici, i furti, la violenza gratuita e le aggressioni sessuali?

Non avrei dovuto ascoltare il telegiornale, le parole possono ingannare e io non dovevo farmi condizionare come un cittadino benpensante qualsiasi, incapace di leggere tra le righe. Dovevo andare a vedere con i miei occhi, verificare in prima persona la gravità della situazione, capire il reale livello di pericolo a cui stava andando incontro mia figlia, insieme alle sue amiche ingenue e sciagurate. Micol aveva diciassette anni, era bella, dolce e gentile, cresciuta al riparo da ogni pericolo, aveva frequentato fin dalle elementari scuole comprese nella circonvallazione interna, popolate da noiosissime famiglie appartenenti a ciò che rimaneva del ceto medio riflessivo, non proprio benestanti, perché a Milano gli stipendiati fanno comunque una vita difficile, ma con lavori interessanti e talvolta persino creativi. Brave persone, civili e abbastanza colte, che votano la sinistra moderata, ancora leggono libri e sanno portare avanti un discorso con una certa dignità ma che non hanno avuto grossi traumi, a parte quelli inutili da confessare all'analista, e che probabilmente in vita loro non hanno mai tirato un cazzotto e soprattutto non lo hanno mai preso. Micol non aveva nessuna esperienza, non sapeva nulla del mondo infame che aveva ereditato dalla nostra scempiaggine di efferati, inconsapevoli capitalisti occidentali, non sapeva nulla dei maschi stupratori e della ferina brutalità della folla, della violenza che esplode improvvisamente senza alcun motivo, perché i motivi come le opinioni non seguono nessuna logica sensata.

La sua innocenza era fragile come ogni altra.

Quindi che fare? La prima meta potevano essere solo i giardini pubblici di Porta Venezia, rozzamente dedicati a Indro Montanelli, un uomo gelido e malvagio che andrebbe dimenticato in silenzio.

Avevo letto che il comune avesse allestito diverse strutture per accogliere i ragazzi, tipo palchi, bagni chimici e punti di ristoro e che ovunque ci fosse un presidio medico di pronto soccorso e una massiccia presenza delle forze dell'ordine.

Dopo il parco Sempione, i giardini pubblici erano il punto di ritrovo più importante della festa cittadina, nella nottata erano previsti anche concerti e dj set con qualche artista famoso.

Conoscevo molto bene quel parco, oltre ad averlo frequentato in gioventù per procacciarmi droghe leggere, era la meta preferita di Micol quando era bambina. Avrei saputo come muovermi senza rischiare di essere coinvolto troppo dalla massa dei ragazzini.

Pronti e via, mi lavai la faccia, indossai una maglietta di cotone, i pantaloni e perfino la giacca di lino perché avevo bisogno di tasche dove mettere le chiavi e il cellulare, caso mai mi avessero chiamato Micol o Francesca. Nonostante il caldo feroce, scelsi di mettere delle vecchie All Star da ginnastica di tela nere tutte consumate, i sandali non vanno bene in situazioni di emergenza, nelle quali potrebbe essere necessario avere maggiore agilità. Un uomo che abbia un minimo di esperienza queste cose le sa.

Appena varcata la porta del palazzo sentii delle sirene della polizia e poi anche quella dell'ambulanza. Un incidente, pensai, normale con tutta questa gente in giro. Dovevo stare calmo.

Ero solo alla fermata del tram 5, guardai il cielo bianco sempre più basso e inquietante, per un attimo mi sembrò lampeggiare come un neon malfunzionante. Mi stropicciai gli occhi e tutto sembrò tornare normale. Non devo farmi suggestionare dall'ansia, pensai, che può farmi immaginare qualsiasi cosa.

Poco dopo arrivò il tram, quando fui sopra mi sedetti in fondo, vicino alla obliteratrice. Era semivuoto e non si vedeva nessun ragazzo a torso nudo questa volta, nessuna giovane fumatrice di marijuana, ma solo normale gente di quartiere: due anziani coniugi inebetiti dal caldo, un gruppetto di impiegati concentrati sui loro smartphone e una famiglia araba o indiana con le sporte della spesa. Eppure, non era lo stesso anonimo tram 5 di tutti i giorni, qualcosa non andava per il verso giusto, ebbi come l'impressione di fluttuare in balia di un universo senza peso. Non so quali frequenze stessi ascoltando, chi mi sussurrasse parole di rancore ma tutto sembrava cupo e opprimente quella mattina.

Come se ovunque vivessimo una tregua armata e fossimo tutti in guardia, pronti ad affrontare il peggio.

Mio malgrado, le risposte non tardano ad arrivare.

Alla fermata di viale Regina Giovanna, il tram frena bruscamente, c'è troppa gente ammucchiata sulle rotaie e non si riesce a passare, la corsa è finita, bisogna scendere. Quando il conducente esasperato apre le porte, supero di slancio i gradini e vengo immediatamente scaraventato dentro a una bolgia inverosimile.

Alle tre del pomeriggio l'incrocio fra corso Buenos Aires e viale Tunisia è già invaso da migliaia di ragazzi ammassati fino a piazza Oberdan. C'è così tanta ressa che non riesco a camminare, eppure, quasi senza accorgermene, il flusso dei giovani mi spinge a forza verso i giardini di Porta Venezia. Io non faccio resistenza e mi lascio trasportare dalla corrente, come quando nuotando nel fiume sei risucchiato da un mulinello e de[illegible] trascinare sottacqua sicuro che prima o poi da qualche parte sbucherai fuori. Oppure anneghi, cosa più probabile nella mia situazione. I ragazzi puntano dritti verso il piccolo ingresso del parco che si apre dietro la piazza. Il traffico è bloccato anche sulla circonvallazione interna delle mura spagnole, dove gli automobilisti frustrati suonano all'impazzata i clacson mentre dagli enormi altoparlanti posizionati sotto i due archi di Porta Venezia, pompano fortissime le ripetitive note di *Just Can't Get Enough* dei Depeche Mode.

Decine di camionette della celere sostano minacciose sul cavalcavia di viale Vittorio Veneto distante una cinquantina di metri, un elicottero della polizia vola aggressivo sopra le nostre teste, abbassandosi fino quasi a sfiorare con le pale rotanti gli alberi più alti del controviale. Lo spostamento d'aria è potentissimo ma sembra che me ne accorga solo io.

Dove vanno tutti questi ragazzi, come ci sono finito in questo assurdo carnaio? Solo tre minuti fa ero seduto sul tram 5 e nulla faceva prevedere questo dissennato precipitare nel caos. Molti giovani stanno ballando in mezzo alla calca, gli altri sembrano presi da una bislacca euforia che gli deforma il viso in un sorriso ebete e catatonico. Io sono con loro, Ivan de puta madre caracolla in mezzo a loro, soffocato dal caldo innaturale, ascoltando musica della mia adolescenza, sotto un cielo bianco senza sfumature, basso, angosciante e definitivo, sono indifeso e fuori dal tempo presente in un mondo che non riconosco più come mio, circondato eppure abbandonato, con la giacca che mi ostacola i movimenti e la maglietta di cotone nera appiccicata alla pelle che si sta consumando insieme al sudore, scaraventato nel bel mezzo della marea montante di corpi scivolosi che sembrano non avere arbitrio né seguire nessuna regola se non quelle della mandria.

Improvvisamente, si sente un botto. Dal tipo di esplosione credo abbiano lanciato una bomba carta verso i celerini sul cavalcavia. Un suono che riconosco, memoria dei miei antichi pomeriggi allo stadio nella curva sud del Milan: leoni armati stiam marciando siam la Fossa dei leon. Ancora gli anni ottanta, stanno diventando un pensiero ossessivo, ondeggiante sullo stretto crinale della persecuzione. Colpita dallo spostamento d'aria la marea sbanda, oscilla due o tre volte ma subito riprende il suo flusso verso il parco. Si muovono, i ragazzi, si muovono e mi trasportano, non c'è modo di resistere alla potenza della corrente.

Che razza di festa è questa? Non ho mai visto niente di simile, ci sono giovani in tutte le direzioni a perdita d'occhio. Tutti che camminano verso il cancello dei giardini senza parlare, ridere o fermarsi un attimo. Sento di nuovo urlare, mi giro e all'angolo con corso Buenos Aires, una moto di grossa cilindrata cerca di farsi strada nella ressa, sgasando e investendo due adolescenti, il motociclista viene abbattuto dopo pochi metri da un ragazzo robusto che lo stende con una sbracciata orizzontale, molto simile al laccio californiano del wrestling. Poi non vedo più niente, vengo avvolto dalla marea danzante che continua ad aumentare come il rumore delle sirene in lontananza che quasi copre la voce di Dave Gahan. Quanti ragazzi stanno soffrendo? Quanti ne riusciranno a soccorrere dentro a questo insensato carnaio?

Che assurdità crudele. Dov'è mia figlia in questo momento?

Micol, torna a casa prima che sia troppo tardi.

Amore mio, ti prego, torna a casa.

Manca l'aria e il cuore martella nel petto, sono in piena crisi tachicardica, le mani tremano, il sudore gronda dal collo, la bocca è un deserto, non riesco a respirare. Morirò anche io, morirò soffocato in piazza Oberdan all'inizio dell'estate come un povero stronzo incredulo, circondato da ragazzini esaltati. Bestemmio urlando, come è possibile che sia finito in questa trappola animale, in questa assurda battaglia medievale di principi bastardi schiacciati viso contro viso, priva di eserciti in marcia ma con solo carne da sacrificare senza scopo. Scuoto la testa e bestemmio ancora. Grido di farmi passare ma nessuno mi ascolta. Grido di nuovo fino a sentirmi mancare le forze. Di norma sono una persona cauta, ho abbastanza esperienza di vita per saper dove posso andare e cosa posso fare, una mia gran dote è sempre stata quella di sapere riconosce il pericolo prima che questo ti piombi addosso. Ma invece eccomi qua, soffocato dalla ressa e prossimo al collasso. Non voglio crepare calpestato a una festa organizzata da un sindaco truffatore. Devo reagire, devo cercare di uscire dalla corrente umana che avanza semicosciente verso l'entrata del parco, stare il più possibile lontano dalle casse piazzate sotto le porte perché è lì che convergono i ragazzi, come attirati da un pifferaio magico. Vengo trascinato ancora per una ventina di metri, quando per un brevissimo istante sento aprirsi un piccolo varco nella calca. Usando i miei novantacinque chili e tutta la violenza possibile, mi dirigo contromano in via Spallanzani, proprio davanti alla farmacia notturna, nell'angolo acuto della casa ottocentesca che la separa da corso

Buenos Aires. Con le braccia mi proteggo il petto, chino le spalle e mi infilo a cuneo. Spingo con tutta la forza che mi rimane e finalmente riesco a farmi largo nella spessa muraglia di carne. Quando la densità dei giovani comincia a diminuire, imbocco una via laterale e grazie a un'ultima spallata sono fuori dal flusso umano più compatto. Intorno a me ci sono ancora tanti ragazzi e stanno aumentando ma adesso riesco a camminare senza essere pressato da altri corpi. Riprendo fiato, cerco di riflettere, so cosa mi aspetta e non devo fare più errori. Continuando a procedere contromano, decido di imboccare via Malpighi e poi attraversare la circonvallazione un centinaio di metri prima della porta, in modo da saltare il carnaio della piazza e cercare un passaggio sicuro verso corso Venezia che è molto largo e senza automobili parcheggiate. Sono esausto ma non mi fermo, non voglio e non posso sentire il mio battito cardiaco impazzito. Con passo spedito, seguo i bei palazzi liberty fino a raggiungere uno slargo isolato, da lì comincia una piccola via che termina proprio nella piazza davanti al Museo Civico di Storia Naturale, dove con mia grande sorpresa non c'è più nessuno, solo un grande spazio vuoto, il vuoto privilegio dell'alta borghesia. In entrambe le direzioni del corso, da una parte verso Porta Venezia, dall'altra a proteggere il centro cittadino, sono schierati due cordoni di carabinieri in assetto antisommossa. Sparsi fra le due falangi si aggirano dei gruppuscoli di giornalisti, fotografi e troupe televisive. Forse adesso sono al sicuro, compro una bottiglietta d'acqua da un ambulante sudamericano abusivo che passa con il suo frigo portatile e mi siedo sul marciapiede.

Ivan de puta madre ti ringrazia, hermano.

Lentamente torno a un respiro regolare ma non sto affatto bene, sudo fino a bagnarmi il petto e mi tremano le gambe. Mi tolgo la giacca e l'appoggio sull'asfalto rovente. Bevo un sorso di acqua e alzo la testa. La situazione è surreale, sembra di essere nell'occhio del ciclone, una zona franca lunga duecento metri proprio in mezzo allo scatenarsi della baraonda.

Calmatomi un poco, decido di riprendere la marcia verso i giardini. Supero i giornalisti e anche il secondo cordone dei carabinieri, il capitano mi guarda stupito. Dove va questo coglione, avrà pensato. Fa per dirmi qualcosa ma poi desiste, credo che un professore cinquantenne fuori forma sia l'ultimo dei suoi problemi.

Ora posso entrare nel parco passando dal cancello di Palestro, anche questo presidiato in modo massiccio, però dalla celere. La festa del sindaco comincia a sembrare un'adunata militare. Entro facendo molta attenzione, da questa parte dei giardini c'è meno gente ma a ogni passo che faccio i ragazzi stanno sciamando senza controllo provenienti da Porta Venezia. Solo che non vedo più nessuno camminare, stanno tutti ballando, tutti nessuno escluso. È una visione impressionante, ogni metro quadrato del parco è occupato da un ragazzo che balla ma non sente più nemmeno la musica, balla e basta, come fosse solo, l'unica persona rimasta al mondo, balla senza mai fermarsi, guardando fisso davanti a sé, senza prendere fiato, senza bere o scambiare una parola con nessuno dei suoi compari. Disorientato, in poco tempo mi trovo di nuovo circondato dai danzatori, determinati a invadere tutti i giardini e poi, forse, l'intera città. Devo andare ancora avanti, non rimane altro da fare.

Non so dove nasca questa mia fissazione, questa insana idiozia autolesionista, perché insisto, cosa credo di scoprire camminando in mezzo a questi forsennati?

Ho una meta in realtà, devo raggiungere il bar Bianco, conosco il proprietario, è un ex poliziotto, è un uomo bene informato, potrei parlare con lui o con qualcuno dei suoi dipendenti, sedermi finalmente per bere qualcosa e cercare di capire cosa stia davvero succedendo. Mancano poche decine di metri ma sembrano chilometri. Passando dietro alla giostra dei bambini e poi in mezzo agli autoscontri chiusi, guadagno lo spazio sufficiente per raggiungere il bar che è completamente circondato dai danzatori. Nessuno consuma né bevande né altro ma non si riesce comunque a passare tanto è fitta la concentrazione delle persone. Sono sconvolto, deve essere simile all'inferno questo carnaio animale, figlio di maledizioni antiche che ritornano dopo millenni, risvegliate dal calore industriale come virus intrappolati nel ghiaccio artico. Qui, in questo momento, si stanno lavando le colpe di tutte le sciagurate generazioni del benessere convinte che la storia fosse finita, dentro a uno spazio completamente privo di forma e di senso che è l'unico luogo possibile di espiazione, l'unica dimensione dove siamo realmente impotenti. Mi sento in trappola e fa un caldo impossibile da sopportare, aumentato dalla vicinanza e dal movimento dei corpi sudati. Ho ancora un po' d'acqua e ingoio uno Xanax convinto che non serva a niente, non questa volta, perché non è un timore immaginario il mio, un'ipocondria causata dalla suggestione o dell'affanno cronico dell'intellettuale metropolitano, adesso sta succedendo davvero qualcosa di terribile. Terribile, ripeto a bassa voce più volte, terribile, terribile, terribile.

Ma è un incantamento che non funziona, perché proprio in quel momento di fronte a me sta accadendo la tragedia prevista e inevitabile. Una ragazza stramazza al suolo come un sacco di stracci, vittima di uno svenimento o qualcosa di peggio.

La vedo sdraiata a terra immobile, sembra morta, potrebbe essere mia figlia, Dio mio, Micol, dove sei? Il cuore salta un battito e poi un altro, mi spavento, ho paura di crollare ma sono un padre e devo intervenire, i suoi amici non fanno nulla, non la guardano nemmeno e continuano a ballare intorno al corpo, evitandola come fosse una grossa pietra. Mi precipito verso di lei facendomi largo fra i ragazzi a spintoni e pedate.

Potrei uccidervi tutti, bestie.

Mi chino, le verso l'ultima acqua della bottiglietta sulla fronte che pare farle bene. Lei apre gli occhi e sorride ingenua, mostrando un'istintiva tenerezza, poi si rialza di scatto e senza dire una parola ricomincia a ballare.

Vengo preso da un terrore ancestrale, il cielo sembra crollare sulla mia testa, cielo bianco come un sudario, come la pelle malata, come le ossa di tutti gli uomini morti in migliaia di anni. Mi aggrappo a un ragazzo per mettermi di nuovo in piedi. Ivan vattene, Ivan de puta madre reagisci, in apnea e senza nessun controllo mi faccio largo verso l'uscita. Adesso non penso più a nulla, non ci sono più strategie o scorciatoie da seguire, voglio solo fuggire dal parco, uscire da quest'incubo. Ma ovunque si rivolga il mio sguardo, vedo arrivare altri ragazzi e adesso anche il museo è circondato. Punto allora verso i celerini schierati a testuggine davanti al cancello. Hanno le facce tese, indurite dall'attesa e dal caldo, loro oltre al casco indossano anche la divisa. Poveri bastardi picchiatori senza cuore, da giovane vi odiavo, adesso provo solo compassione. Una ragazza è stata male, dico rivolgendomi a quello che sembra l'ufficiale visto che anche lui indossa il casco ma è in borghese, le mie parole sono coperte dalle sirene dell'ennesima ambulanza. Il graduato mi urla qualcosa e mi fa segno con un braccio di levarmi dai coglioni, c'è molta tensione, i danzatori stanno aumentando di numero. I celerini si preparano a una carica di alleggerimento che allontani i ragazzi dai cancelli rivolti verso il centro. Perché, sia chiaro fin da subito, vetrine fracassate nelle zone ricche della città questa notte non ne vogliamo vedere.

Calano la visiera dei caschi e alzano gli scudi trasparenti da legionari romani, manca solo l'ordine del superiore per scatenare l'attacco, quando improvvisamente dalla prima fila si stacca un poliziotto. Getta a terra lo scudo e il manganello, quindi si toglie il l'elmetto. Avrà poco più di vent'anni, la testa piccola, i capelli corti scurissimi tipici dei giovani del sud Italia, il viso paonazzo bagnato di sudore. Adesso il tempo è come se andasse al rallentatore, i poliziotti sono immobili, anche i danzatori sembrano aspettare il gesto che cambierà tutto quello che conosciamo. Il graduato sta per parlare ma, prima che qualcuno possa muoversi, il giovane comincia a ballare, proprio davanti ai suoi compagni schierati, attoniti e incapaci di reagire.

Danza con movimenti sinuosi, alzando larghe le braccia verso il cielo, è l'attimo di libertà sempre sognato, il rito purificatore che salverà la sua giovane vita.

Poi si toglie la camicia, la cintura e infine anche gli anfibi e le calze.

Scalzo, a torso nudo, balla incurante del nostro sgomento.
Per un secondo incrocio il suo sguardo.
Sta piangendo.

Il professor Slaviero

Seduto su una panchina in piazza San Babila, cercavo riprendermi dallo sconcertante pandemonio di cui ero stato testimone. Digrignavo i denti, mi tremavano le mani e continuavo a battere a terra il piede destro per scaricare la tensione. Mi ci vollero mezz'ora e tre bottigliette d'acqua per riacquistare un minimo di lucidità, e, ovviamente, un'altra pastiglia di Xanax da un milligrammo che andava a sommarsi a quella presa in precedenza.

Rimasi seduto finché la benzodiazepina non cominciò a fare effetto. Quando fui abbastanza calmo, mi feci coraggio e telefonai a Micol ma aveva il cellulare staccato. Provai altre volte, chiamando in modo assillante, a distanza di pochi secondi una dall'altra, ripetendo il numero come un ossesso ma niente, nessuna risposta. E, intanto, intorno a me la gente camminava tranquilla: impiegati in camicia a maniche corte, signore a spasso per fare acquisti nonostante il grande calore e persino qualche turista straniero con i bambini, indifferenti a cosa stesse succedendo a poche centinaia di metri da lì.

Sì, ma cosa stava succedendo? Ero sconvolto da quello che avevo visto, non ero abbastanza lucido per affrontare una cosa del genere.

A pochi metri da dove ero seduto lavorava Francesca, alla nuova sede milanese dell'UNHCR, l'Agenzia ONU per i rifugiati con la quale collaborava da anni. Avrei potuto passare da lei, sempre che fosse in ufficio. Ma per fare che cosa, come le spiegavo questa situazione allucinante? Si sarebbe preoccupata e lo era già abbastanza. No, dovevo andare avanti da solo, riuscire ad abbandonare ogni pretesa di spiegazione razionale per aprire gli occhi verso l'impossibile. Ma con mia figlia persa in mezzo alla bolgia danzante non potevo perdere tempo in speculazioni che non avessero un immediato riscontro sulla realtà.

Eppure, c'era qualcosa di familiare in quella danza ossessiva, qualcosa che avevo già visto. Avevo nella testa un tarlo, un pensiero rarefatto e sfuggente che non riuscivo a mettere a fuoco. È già successo, mi dicevo, è già successo ma non ricordo dove e tantomeno quando.

L'Università Statale era a poche centinaia di metri, forse c'era una persona che poteva aiutarmi, un mio vecchio e caro amico.

Si chiamava Alessio Slaviero e aveva due o tre anni meno di me e un orientamento politico libertario molto simile al mio, sebbene in gioventù avesse frequentato ambienti ancora più radicali. Laureato prima in Storia e poi in Antropologia, teneva un corso molto apprezzato sui movimenti eretici medievali.

Alessio era un uomo particolare: serio, coltissimo, insegnante eccezionale ma anche eccentrico e umorale, dal passato torbido sul quale correvano le voci più disparate. Pare che ancora molto giovane avesse fatto politica in un gruppo di anarchici insurrezionalisti di cui la gran parte era finita in galera, condannati per un clamoroso attentato dinamitardo a Palazzo Marino di cui si parlò per anni. Abbandonata la militanza e concluso con successo il dottorato, l'improvvisa morte della sua compagna per un aneurisma lo aveva fatto precipitare in una profonda depressione che lui aveva affrontato in modo imprevedibile, isolandosi dal mondo civile e diventando un capo bastone della piccola criminalità della zona compresa fra viale Monza e via Padova; e pare anche, ma su questo fatto giravano versioni molto colorite, fosse stato vittima di un agguato a coltellate che l'aveva quasi ucciso, riducendolo in coma per diverse settimane.

Un curriculum piuttosto inconsueto per un professore universitario. Nessuno di questi racconti si era mai trasformato in una denuncia penale ma è sicuro che dopo l'incontro con l'attuale moglie Anita e la nascita della figlia, aveva ripreso la carriera accademica e si era rimesso in carreggiata. Comunque, era un tipo in gamba e io ci andavo molto d'accordo.

In via Larga c'era molta confusione, il traffico per osmosi naturale si era bloccato anche in tutto il centro cittadino e gli automobilisti nevrastenici già stremati dal caldo, erano scesi dalle loro vetture per capire cosa stesse succedendo. La tensione stava aumentando, molti di loro indicavano, insultandoli e minacciandoli, i gruppi sparuti di ragazzi che ballavano ai margini della strada, i potenziali colpevoli dell'ingorgo, del tutto indifferenti a ogni accusa o lamentela.

Davanti alla sede della polizia municipale, un centinaio di ghisa si stavano radunando armati di caschi e manganelli per poi muovere a piedi in direzione di Porta Venezia, dove si era concentrato il grosso dei danzatori. Vederne così tanti appiedati, bardati come celerini, impegnati in un ruolo che non era mai stato il loro, per il quale non erano nemmeno addestrati, mi fece una pessima impressione, erano tutte anomalie che contribuivano ad aumentare la tensione.

Mi voltai di scatto, allarmato dal frastuono. Montando aggressiva sulle rotaie del tram, una volante della polizia sfrecciò con il lampeggiate accesso seguita da un'ambulanza e poi da un'altra, tutto intorno a me si sentiva solo il rumore delle sirene.

Attraversai la strada, ansioso di raggiungere via Festa del Perdono che mi aveva sempre dato un senso di protezione, incastrata com'è in un dedalo di vie strette e anguste, ultima traccia urbana del vecchio Bottonuto, il sordido quartiere dei barcaroli ormeggiati in piazza Laghetto che, partendo dal lago Maggiore e poi navigando il Ticino e il Naviglio Grande, trasportavano con le chiatte il marmo di Candoglia per la Fabbrica del Duomo. Un quartiere malfamato, pieno di bordelli e trattorie da quattro soldi, spazzato via definitivamente nel secondo dopoguerra per fare spazio a via Larga, piazza Diaz e alla Torre Velasca, brutale simbolo post razionalista della nuova Milano borghese del boom economico.

Entrai in Statale dalla porta cinquecentesca e fui subito fermato dal custode che come sempre sembrava scocciato di vedermi. Prof Boscolo, qua c'è un quintale di posta per lei, mi disse.

Va bene, Armando, passo la settimana prossima, oggi non ho tempo, grazie. Lo liquidai in modo sbrigativo per dirigermi in tutta fretta verso il chiostro del corso di Storia che stava in fondo a destra partendo dal Cortile del Filarete. Non c'era nemmeno uno studente e questo nonostante fossero finiti gli esami era molto strano, visto che spesso si trovavano sotto i portici per studiare, fumare canne o anche solo cazzeggiare. Arrivai fino in fondo e, prendendo le scale di corsa, raggiunsi il secondo piano. Entrai nell'ufficio del professor Slaviero con il fiatone, lui era in piedi dietro alla scrivania e sembrava ancora più robusto di quanto già fosse: era un uomo alto, pesante più di novanta chili ma senza un filo di grasso, scuro di carnagione, con capelli molto corti, le basette folte e due bei baffi a manubrio da bombarolo ottocentesco. Indossava una camicia nera a maniche corte abbastanza stretta da evidenziare il petto e le braccia possenti.

Stava guardando dei fogli pieni di appunti.

Alzò la testa e mi sorrise.

Pensavo mi chiamassi non che venissi di persona, disse, devi essere molto preoccupato.

Non riposi e crollai sulla poltrona di pelle che teneva per gli ospiti. La stanza era stranamente fresca, c'era una grande pala appesa sul soffitto che muoveva la poca aria proveniente dalle finestre, tutte spalancate, che creavano corrente con la porta aperta. Le pareti erano ricoperte di libri a parte il muro dietro alla scrivania dove era appesa una sciabola da ussaro della Repubblica Cisalpina.

Alessio si avvicinò alla poltrona.

Tutto bene, Ivan? Sei bianco come un cadavere.

Feci una pausa e dopo un lungo sospiro risposi.

No, Alessio, non mi sento bene per niente, ho fatto un giro al rave e ho visto delle cose allucinanti, inspiegabili. Ci sono migliaia di giovani ai giardini di Porta Venezia, arrivano da tutte le direzioni e si stanno dirigendo verso il centro del parco, ammassati come i pellegrini alla Mecca per i giorni dello Ḥajj; e ballano, ballano senza smettere mai, ballano senza toccarsi, senza parlare e senza nemmeno guardarsi in faccia. Come se non bastasse, mia figlia Micol è andata al parco Sempione con le amiche, non mi risponde al telefono, cazzo, non risponde e sono preoccupato. Ho visto una ragazza che...

Trecentomila, Ivan, sono trecentomila – mi interruppe Alessio – l'ho sentito adesso alla diretta di Radio Popolare, arrivati da tutta Italia e pure dall'estero. Gli ospedali sono già saturi di ragazzi collassati o altro, non sanno più dove metterli, anche perché oggi abbiamo superato i quaranta gradi.

Alessio smise di parlare e si appoggiò alla scrivania.

Ti stavo dicendo di questa ragazza. Mentre ballava è crollata a terra, sembrava non respirasse, l'ho soccorsa bagnandole il viso con dell'acqua e lei senza dire nulla si è rialzata, ricominciando subito a ballare. Ma come cazzo è possibile una cosa del genere, Alessio? Cos'è, una sorta di possessione?

Cristo, non sembrava neanche drogata, che assurda smania paranoide è questa? Pochi minuti dopo all'ingresso del parco, un giovane celerino è uscito dal cordone schierato e già pronto a caricare, si è spogliato e si è messo a ballare. Un celerino, capisci Alessio, un celerino che improvvisamente balla davanti ai suoi colleghi con gli scudi già davanti al viso e con l'ufficiale che gridava più sconvolto di me, ma ti rendi conto?

Che cazzo sta succedendo? Dammi da bere per piacere.

Alessio mi guardò annuendo.

Ho del pastis eccezionale, me lo manda un amico dalla Provenza, oltre all'anice lo fanno con la liquirizia, la vaniglia e altre erbe da frati. Lo vuoi con acqua e ghiaccio?

Sì grazie, come vuoi tu, dissi sconfortato, beviamoci questo pastis provenzale. Ma tu cosa pensi? A me questa cosa assurda del continuare a ballare fino allo sfinimento mi ricorda qualcosa che però non riesco a visualizzare e non sono le maratone di ballo fra proletari durante la Grande depressione o robe del genere che facevamo anche in Italia, è qualcos'altro, qualcosa di più antico.

Guardati dall'ira di san Vito, Ivan, guardati dalla furia del santo martire. Certo che ti mormora qualcosa all'orecchio questa danza sfrenata, è già successo ma non ti ricordi quando perché non è proprio il tuo campo di studi, disse Alessio mentre prendeva la bottiglia e i bicchieri da un armadietto.

In tutta la storia europea, sia medievale che moderna, ma pure prima in età classica e probabilmente prima ancora ma non possiamo saperlo perché non ci sono fonti attendibili, i casi di isterismo o di danze collettive che portano a diversi livelli di trance sono innumerevoli, nelle campagne soprattutto, sia nelle nazioni del nord che in quelle dell'area mediterranea. Perlopiù riguardavano donne di bassa condizione sociale, erano retaggi culturali e psichici di rituali dionisiaci o comunque pagani, o ancora più antichi, legati al consumo di sostanze psicotrope, oppure causati dal digiuno prolungato o da suggestioni di varia origine. C'è un'ampia bibliografia a proposito, testi molto e alcuni più fantasiosi. Ma se vogliamo analizzare i singoli casi storicamente accertati, solo una volta questa sorta di parossismo isterico ha coinvolto un'intera città. È stato durante quella che è stata in seguito chiamata la Piaga del Ballo di Strasburgo, nell'estate del 1518. Ivan, sempre con il grande caldo avvengono questi fenomeni, il caldo fa emergere tutta l'energia negativa, è un catalizzatore di tormenti, psicosi e maledizioni.

Alessio fece una pausa e iniziò ad armeggiare con il ghiaccio preso da un mini-frigorifero che teneva sotto la scrivania ma si vedeva che sull'argomento aveva molto da dire.

Tutto ebbe inizio a Strasburgo quando una comune donna del popolo di nome Troffea, verso la metà luglio si piazzò in mezzo alla piazza cittadina e cominciò a ballare. All'inizio i concittadini pensarono che lo facesse per irritare il marito che la trascurava sessualmente ma poi danzò sghemba e febbrile per un'intera giornata e poi ancora per tutta la settimana senza mai fermarsi e senza che ci fosse musica ad accompagnarla. Era evidente che non seguisse nessuna melodia o ricercasse una qualche forma di bellezza estetica, si muoveva finché cadeva a terra sfinita e poi si rialzava e ricominciava a ballare. I commentatori del tempo descrivono i suoi occhi vitrei e privi di espressione, come fosse in trance. Ma la storia era appena cominciata perché rapite da una sorta d'incantamento o mimesi psichica, giorno dopo giorno a Troffea si aggiunsero altre persone, soprattutto giovani e poi altre ancora, fino ad arrivare a essere oltre quattrocento danzatori, tipo un terzo della popolazione di Strasburgo. E, ascolta bene questa cosa, Ivan, disse Alessio mentre mi passava il bicchiere pieno di pastis color dell'avorio, il borgomastro, consigliato dai medici della città, pensò di bene di assecondare il fenomeno. Chiamò a raccolta tutte le corporazioni artigianali e fece allestire da ognuna di esse, fossero falegnami, pellai, fabbri o tintori non importa, dei palchi di legno dove ospitare dei musicanti che dessero accompagnamento ritmico ai ballerini, nella speranza che le note ripetute provocassero una estasi terapeutica che alleviasse la mania. Ma se questa pratica funziona ed è molto usata su casi isolati in determinati contesti culturali – come la Taranta in Puglia o il ballo dell'Argia in Sardegna – a Strasburgo la musica peggiorò notevolmente la situazione, inducendo altri cittadini a partecipare alla danza. Ti rendi conto, Ivan, il borgomastro pagò dei musicisti, che ebbero lo stesso effetto degli altoparlanti che abbiamo visto in tutti i parchi oggi a Milano.

Come è finita l'epidemia? Chiesi, immaginando la risposta.

Alessio finalmente si mise a sedere e prese un lungo sorso di pastis.

Successe che arrivarono altre persone e poi ancora altre, fino a che la danza coinvolse tutta Strasburgo, gente di ogni età e di ogni ceto sociale. I ballerini danzavano fino allo stremo delle forze e non si fermavano nemmeno con l'affanno respiratorio, le palpitazioni, i piedi sanguinanti o le caviglie rotte o slogate. Le autorità non sapevano più cosa fare, intanto i giorni passavano e gli strasburghesi non smettevano di ballare. Ma molti, specie i danzatori più vecchi o più fragili, crollavano e morivano per sfinimento, disidratazione, infarto, ictus, persino calpestati o quello che ti pare, eravamo arrivati ad agosto d'altronde, quanto puoi resistere, senza mai fermarti e soprattutto senza bere.

E quindi, Alessio, cosa hanno fatto per farli smettere?

Non abbiamo molte fonti affidabili a riguardo ma sappiamo che, a un certo punto, a inizio di settembre, le autorità di Strasburgo decisero di intervenire in modo molto deciso. Furono smontati tutti i palchi e gruppi di armigeri presero a randellate le persone che continuavano a ballare, le caricarono a forza su dei carri e le trasportarono ai margini della città, verso le colline. Nella grotta di una di queste colline sorgeva un santuario dedicato a san Vito, il giovane martire siciliano patrono della danza in tutta Europa, anche in Italia infatti si dice che hai il Ballo di san Vito quando si è afflitti dalla còrea di Sydenham, un'encefalite che compare spesso nei bambini e che causa uno sfrenato movimento continuo. Va be'... adesso questo è poco importante. Comunque, quando li ebbero radunati tutti dentro alla grotta, gli invasati che ancora indugiavano nell'isteria furono costretti a indossare delle scarpette rosse, bagnati con acqua santa e dell'olio altrettanto benedetto. Poi vennero raggruppati sotto un'effigie lignea del santo e fra incensi, litanie e canti mormorati officiarono una sorta di esorcismo che non sappiamo bene cosa comportasse ma che evidentemente funzionò, come ogni esorcismo ben fatto. Dopo qualche giorno, l'epidemia scomparve, da un momento all'altro così com'era apparsa. Alla fine, erano morte centinaia di persone anche se ogni stima è impossibile da verificare. Capisci Ivan, fu un'anomalia sociale molto simile alla nostra oggi a Milano, solo che adesso è moltiplicata per mille volte.

Anche troppo simile, risposi io, ma da cosa fu provocata, insomma cosa sappiamo sulle cause dell'epidemia?

Alessio sorrise sfiduciato.

No, Ivan, nessuno lo sa veramente cosa possa avere provocato la Piaga del Ballo, di norma gli storici di fronte a questo genere di eventi imprevedibili tirano a indovinare, a maggior ragione quando le fonti dell'epoca sono inquinate dell'emotività della situazione e chiunque può scrivere qualsiasi scemenza senza verificare i fatti ma basandosi solo su voci, congetture o maldicenze popolari. Nel Cinquecento il popolo era convinto che la piaga fosse stata causata dall'ira da san Vito per non so quali peccati commessi in precedenza dai cittadini di Strasburgo, era la risposta più semplice, quella più comune, i santi funzionano sempre, e serviva a calmare le coscienze. Paracelso, che era un grande esperto di epidemie e in seguito fu uno dei pochi medici a comportarsi razionalmente durante la peste, visitò la città e catalogò il fenomeno della Piaga del Ballo come "coreomania", dando però spiegazioni strampalate sulla sua origine. Più recentemente alcuni biologi tedeschi hanno proposto l'ipotesi di una intossicazione di ergot, una muffa che si trova sugli steli della segale cornuta e che provoca allucinazioni simili all'LSD. La stessa muffa che probabilmente creò all'inizio del Novecento il mito delle Mahare Arcudare, le streghe di Alicudi vestite di nero e in grado di trasformarsi in animali che svolazzavano sopra le Isole Eolie raggiungendo perfino Palermo, almeno secondo i marinai e i paesani che giuravano di averle viste. Ma si tratta sempre di visioni individuali, suggestioni notturne, incantamenti da denutrizione. In tutta sincerità, a livello psicotropo non credo che l'acido lisergico, anzi l'ergotamina, sia molto compatibile con un fenomeno collettivo come quello di Strasburgo, almeno per quanto ricordo delle mie esperienze giovanili. Anche perché un conto sono le allucinazioni e magari anche le convulsioni estatiche, altra faccenda è riuscire a ballare per giorni o settimane con più di trenta gradi. E poi, dall'iniziale danza di Troffea all'esorcismo nella grotta di san Vito, l'epidemia è durata circa tre mesi, ci sarebbero volute centinaia di tonnellate di muffa per intossicare tutte quelle persone. Altri storici e sociologi invece hanno parlato di una non meglio specificata isteria collettiva. Io preferisco usare il termine contagio psichico, mi sembra più plausibile come spiegazione.

Guardai Alessio senza riuscire a dissimulare la mia perplessità.

Ho capito, Ivan, riconosco bene quell'espressione, la storia del contagio psichico non ti convince.

Non molto, risposi.

Ascoltami allora, sappiamo per certo che per le zone del Sacro Romano Impero, nella zona di confine fra le attuali Germania e Francia, quelli furono anni molto difficili, caratterizzati da forti tensioni politiche e dal manifestarsi di una lunga carestia che coinvolse la maggior parte delle campagne con il risultato che dopo molto tempo tornarono fame e malattie causate dalla denutrizione, fra cui una devastante epidemia di sifilide. È molto probabile che la disperazione e la paura, che ripetute ed estremizzate diventano una vera e propria trepidazione sociale, abbiano scatenato nelle persone più fragili di Strasburgo uno stato di trance collettiva.

Ascoltavo il mio amico ma in verità non me ne importava nulla di tutto quello che aveva da dirmi. Nessuna sofisticata teoria sociologica mi avrebbe aiutato a trovare mia figlia.

Guardai Alessio scuotendo la testa.

Chissenefrega di Strasburgo e della Piaga del Ballo, dissi, chissenefrega di Troffea, di Paracelso, di san Vito e dell'olio santo, chissenefrega se è stato un fungo o una psicosi collettiva. Noi oggi qua a Milano, in Italia, in Europa, nel mondo civile, non siamo più così suggestionabili. Ci sono gli ospedali, c'è la televisione, ci sono i computer, c'è l'intelligenza artificiale e qualsiasi cosa di cui tu abbia bisogno, da decenni non soffriamo più la fame e la sifilide non sappiamo più nemmeno bene cosa sia.

Fui io allora a fare un lungo sorso di pastis.

La verità, Alessio, è che questa cosa che adesso sta accadendo nelle strade di Milano è semplicemente impossibile e fino a due giorni fa nemmeno immaginabile, non può esistere nessuna spiegazione logica convincente. Temo che per cercare di comprenderla davvero farebbero comodo dei rudimenti di stregoneria o perlomeno uno sguardo più obliquo.

Alessio alzò le spalle e si versò ancora da bere.

Va bene, Ivan, nessun paragone storico può reggere. Ma la vera questione per noi è un'altra, nel Cinquecento come adesso, il problema rimane il numero, capisci amico mio, è sempre il numero che spaventa. Una donna che balla è stata morsa dalla taranta, dieci persone che ballano sono degli invasati, cento persone che ballano sono un contagio demoniaco, una piaga appunto. Ed eccoci qua, sperduti nel ventunesimo secolo, di fronte a un fenomeno come dici tu inspiegabile, un'enormità persino difficile da pronunciare in un'epoca come la nostra, dove da anni ci siamo dimenticati della dimensione puramente biologica dell'homo sapiens, della pelle, dei muscoli, dei nervi, del sangue, senza contare le devastanti malinconie che spezzano le giovani esistenze. Però, secondo me, nelle piazze e nei parchi di Milano, in questo istante, si sta sfogando una giovane umanità priva di sguardo sul futuro, percossa, impaurita e vilipesa che afflitta da una sorta di stato alterato di coscienza collettivo, risponde come farebbe un essere umano vittima di un attacco di panico prolungato. Soffrendo di un male sconosciuto, si agita come se il movimento ininterrotto potesse alleviare la pena e infine sfinito crolla al suolo perché è l'unica cosa che gli resta da fare. Questo stiamo vedendo, Ivan, un osceno maleficio causato da una forma estrema e generalizzata di malessere sociale prolungatosi negli anni e infine esploso in modo improvviso e dirompente.

Alessio fece una pausa, versando a entrambi un'altra dose generosa di pastis che con il caldo e l'ora presta mi avrebbe portato finalmente allo stordimento.

È stregoneria questa? Possiamo chiamarla in questo modo?

Lo guardai senza sapere cosa rispondere.

Sì, possiamo, perché funziona come un incantesimo, del quale però non abbiamo nessun indizio sulla sua provenienza e soprattutto non sappiamo chi lo ha creato. Quindi cosa dobbiamo fare con tutti questi corpi incontrollabili? Corpi giovani che si consumano sotto al sole e muoiono calpestati dai loro simili. Decine di migliaia di ragazzi che ballano nei parchi senza mai fermarsi con più di quaranta gradi di temperatura. Dobbiamo anche noi dare la colpa a san Vito, alla segale cornuta, alla guerra, alla minaccia atomica, alla pandemia, al cambiamento climatico, alle isterie provocate da un presente di grande timore e ansia condivisa, oppure semplicemente limitarci ad aspettare che finisca, sperando che non duri per sempre? Troppo semplice e troppo stupido perché molti ragazzi sono già ricoverati all'ospedale.

Ivan, mi ascolti?

Non lo stavo più ascoltando. Pensavo a mia figlia persa in quel tumulto senza senso, probabilmente ammaliata, come tutti gli altri.

La musica non c'entra, dissi quasi sottovoce, i ragazzi ballano anche senza ascoltarla, sono totalmente avulsi dalla realtà. E i movimenti dei corpi sono compulsivi, scomposti e frenetici come la danza di Ian Curtis, il disgraziato cantante dei Joy Division che con le sue movenze sul palco esorcizzava l'attacco epilettico, malattia di cui soffriva. Questa è una malattia, Alessio, è una forma fisiologica di disperazione. Non sono felici mentre ballano, non c'è alcuna gioia nei loro gesti, nessuna sorriso e nessuna armonia. Comunque, non credo esista un modello comportamentale fisso, ogni ragazzo risponde in modo diverso allo stimolo della danza.

Alessio annuì, prese dal cassetto una sigaretta e me ne offrì una che rifiutai. Quindi si alzò per raggiungere la finestra.

Continui a dire ragazzi Ivan, non ci sono adulti che ballano?

Guardai Alessio scuotendo la testa.

Io non ho visto nessuno che avesse più di trent'anni, anche il celerino che è uscito dai ranghi era molto giovane. Ma non posso saperlo con certezza, dissi facendo un altro sorso di pastis, seguito da un altro subito dopo. Poi versai dell'altro liquore al mio amico che continuò.

Mi sembra chiaro che in questo momento noi non possiamo tentare nessuna spiegazione. Siamo sincronici al fenomeno, dentro alla storia e le cose stanno succedendo troppo in fretta, non abbiamo sufficienti informazioni per capire se la piaga avrà un'evoluzione, si propagherà in altre città oppure si estinguerà da sola.

No, nessuna spiegazione. Dissi io, stremato. E davvero non so cosa fare, c'è Micol là in mezzo da qualche parte…

Cerca tua figlia, amico, trovala e portala a casa prima possibile. Io credo che mi rifugerò in montagna. Anita ha un po' di febbre ma, appena sta meglio, insieme alla bambina andiamo a Piedimulo, quel borgo nascosto dove mio zio mi ha lasciato una casa di pietra sperduta nel bosco, ti ricordi che te ne avevo parlato. Non mi piace per niente questa danza collettiva, Ivan: il caldo feroce, la smania, i saccheggi notturni, la polizia che carica a casaccio sono tutti segni nefasti. Ho come la sensazione che sia solo l'inizio di qualcosa di veramente cattivo, che stia per scatenarsi una violenza incontrollabile. Fossi religioso penserei a una punizione divina, qualcosa di potente e definitivo in cui san Vito non c'entra nulla, qualcosa da cui non si torna più indietro, una sorta di come dire… una sorta di Sciagura. Una Sciagura che sta incombendo su di noi. Ma sono un socialista, libertario, positivista e mi limito ad analizzare i fatti e le notizie che ho a disposizione. Appena posso parto, poi vediamo a settembre cosa fare.

Ti auguro la migliore fortuna, Alessio, dissi con un velo di sarcasmo, adesso però è meglio che vada, esco e provo a richiamare Micol, dissi guardando fisso fuori dalla finestra spalancata. Prima o poi dovrà pur rispondere, non credi? Dovrà rispondere, che cazzo, è appena uscita di casa, dove può essere finita in così poco tempo?

Il mio amico fece due passi mi prese le spalle con entrambe le mani e mi guardò fisso in volto.

Agisci subito, Ivan, ma con molta prudenza, perché poco prima che tu arrivassi in ufficio alla radio hanno comunicato che il sindaco ha ufficialmente annullato la festa e questo pomeriggio interverranno le forze dell'ordine per sgomberare i danzatori da tutti i giardini pubblici e rispedirli a casa.

Alessio fece una pausa e mi guardò fisso negli occhi.

Come a Strasburgo, stanno smontando i palchi.

La notizia mi colpì come una fucilata in petto, fui preso da un'agitazione incontrollabile, non potevo perdere altro tempo a fare supposizioni bevendo pastis. Afferrai il braccio di Alessio e lo usai per tirarmi su dalla poltrona.

Ho visto la polizia municipale raggrupparsi in piazza Beccaria, risposi concitato, si spostano a piedi perché il traffico in centro è bloccato. Devo muovermi anche io, adesso, prima che succeda qualcosa di molto grave.

Ci vorrà molto di più dei vigili urbani per sgomberare tutti i ragazzi dalla città, commentò Alessio.

Aveva gli occhi lucidi, fece passare qualche secondo e poi mi abbracciò, stringendomi forte.

Stai attento, Ivan, stai lontano dalla folla e dalla polizia. Agisci con cautela e ricordati chi sei. Trova tua figlia, ci vediamo a settembre, quando forse sarà terminata questa follia.

Precipitatomi fuori dalla Statale, comprai dell'altra acqua al bar. Il ragazzo che serviva ai tavoli, di solito gentilissimo, mi disse di sbrigarmi perché il proprietario era molto preoccupato e stava tirando giù la serranda.

Mi sedetti sul cornicione dell'aiuola e composi il numero di Micol. Dopo tre squilli presi la linea ma si sentivano solo rumori provenienti dalla strada, gente che correva, parole sparse e il rumore dei clacson, poi improvvisamente uno schianto. Urlai il suo nome per più di un minuto ma nessuno rispose. Sganciai la linea e riprovai a chiamare, il suo telefono però non suonava più.

Dove sei, bambina mia?

Mi alzai sconvolto e cominciai a camminare senza direzione, ogni pensiero era per Micol, ogni battito del cuore era per Micol, tutte le paure del mondo avevano il suo volto.

Quasi senza accorgermene arrivai di nuovo in via Larga, il sole batteva alto, faceva un caldo assurdo ma gli automobilisti avevano smesso di strombazzare e lamentarsi e, come se fossero braccati da qualche cosa di molto pericoloso, stavano abbandonando in tutta fretta le loro vetture bloccate in mezzo alla carreggiata. C'era gente che correva in ogni direzione, ero troppo sconvolto per capire cosa stesse succedendo. Intanto i ragazzi erano aumentati a dismisura e ballavano incuranti degli insulti, delle minacce e di qualsiasi altra cosa. Un cinquantenne basso, tarchiato e sudatissimo, con il volto trasfigurato dall'odio, scese dalla sua automobile e si precipitò in mezzo al primo gruppo di danzatori che incontrò sulla sua strada. Armato di una grossa chiave inglese, colpì un ragazzo che cadde sul marciapiede, sbattendo la testa. Privo di sensi, rimase sdraiato al suolo per una ventina di secondi, aveva gli occhi spalancati e pensavo fosse morto. Invece si rialzò e ricominciò subito a ballare con il sangue che gli colava sulla faccia.

L'uomo, circondato dai ballerini inermi e silenziosi, gettò l'arma e con sguardo terrorizzato si mise a correre sulle rotaie del tram, scappando verso piazza Duomo.

Esausto, mi cedettero le gambe e mi lasciai cadere sulla banchina.

Il sole splendeva alto, l'aria densa e rovente saliva dall'asfalto offuscando la vista.

Annunciati dal cupo fragore dei cingoli sull'asfalto, i blindati dei carabinieri avanzavano inesorabili, facendosi largo nella nostra disperazione.

Ci si stanca della pietà,
quando la pietà è inutile.

Albert Camus

Opera di San Francesco

La telefonata con Francesca fu lunga e straziante, entrambi eravamo in preda a uno stato ansioso incontrollabile e la preoccupazione per il destino di nostra figlia ci portò presto a uno sconforto emotivo condiviso che non serviva a migliorare una situazione di per sé già drammatica. Angustiati e senza sapere come reagire, decidemmo con commovente ingenuità che ci saremmo trovati davanti al Castello Sforzesco alle otto di quella sera stessa, ovviamente in assenza di sue improvvise notizie che avrebbero posto fine al nostro tormento perché per quanto la situazione in città fosse gravissima a noi interessava solo del destino di nostra figlia, sorretti dall'egoismo degli affetti che è l'unica vera forza propulsiva in grado di cambiare le cose.

Il nostro obiettivo era di cercarla dentro al parco Sempione, metro per metro. Proprio queste parole usammo, metro per metro, come se per sole due persone fosse possibile battere una zona così ampia e affollata di giovani ballerini.

Finita la conversazione, misi il telefono in tasca ritrovandomi in via Larga semicosciente e allo stremo delle forze. Il cielo bianco di Milano incombeva ancora più basso e opprimente. Mi stropicciai gli occhi bagnati di sudore perché a infrangerne l'uniformità mi sembrò di scorgere dei sottili filamenti neri prendere forma, disegnare figure astratte o quelli che potevano essere simboli arcaici per poi scomparire di nuovo nel candore come non fossero mai esistiti. Ma le metamorfosi appartengono al mondo sulfureo dei sogni e io dovevo rimanere lucido, avevo bisogno di cambiarmi, farmi la doccia e riposare un poco per essere in grado di affrontare l'emergenza di una figlia dispersa nel ventre incandescente di un rave apocalittico.

Tutti i tram erano fermi, si stavano accumulando in fila indiana, intasando il capolinea di piazza Fontana e con esso tutto il traffico del centro città già messo a dura prova dal passaggio dai mezzi pesanti dei carabinieri che muovevano verso Porta Venezia.

Sempre che ancora funzionasse, avevo troppo timore di prendere la metropolitana, dove la gente ammassata può davvero diventare un mostro senza compassione e comunque non avevo nessuna intenzione di essere richiuso dentro a un vagone sotterraneo con quaranta gradi di temperatura. Decisi quindi di tornare a casa a piedi, era l'unica scelta possibile, nonostante la stanchezza e l'afa del pomeriggio diventata insopportabile.

M'incamminai lungo corso di Porta Vittoria, anche lì il traffico era bloccato e le colonne di automobili sostavano con il motore acceso sotto il sole rovente, aumentando la temperatura e rendendo l'aria irrespirabile. Gruppi di giovani danzatori sfilavano ai margini delle strade, incuranti di ogni cosa, stramba coreografia di un paesaggio urbano oramai totalmente privo di senso.

Davanti al Palazzo di Giustizia tre file di militari appartenenti al Gruppo Intervento Speciale dei carabinieri, impedivano anche solo di avvicinarsi alla grande scalinata che conduceva all'entrata del palazzo. Vestiti con la mimetica blu scuro delle teste di cuoio, indossavano il giubbotto antiproiettile e il casco con l'auricolare, imbracciando un fucile mitragliatore più adatto a un combattimento in trincea che al mantenimento dell'ordine pubblico. Dalla parte opposta della strada, a poche decine di metri da dove stavo io, confusi nella fiumana dei danzatori, una ventina di ragazzi con il cappuccio alzato sulla felpa nera e il volto coperto da mascherine chirurgiche dello stesso colore, mostravano il dito medio ai militari. Non esibivano nessun simbolo, la loro era una divisa da combattimento internazionale che non ha bisogno di altre spiegazioni se non la memoria condivisa di diverse generazioni di ribelli. Loro non ballavano, erano organizzati e vigili, armati di fionde e manici di piccone, alcuni indossavano anche il casco da ciclista, nonostante la temperatura da svenimento.

Li guardavo muoversi rapidi come un manipolo di guerriglieri urbani e non riuscivo a capire la ragione di questa differenza di comportamento. Erano tutti giovani, femmine e maschi, ventenni o poco più, coetanei dei danzatori che sciamavano intorno a loro, eppure nessuno di loro ballava, nessuno aveva lo sguardo fisso nel vuoto, sembravamo essere immuni alla piaga che stava infestando la città. Erano una macchia nera di forza e violenza in mezzo a migliaia di corpi privi di volontà.

Mentre li osservavo, improvvisamente uno di loro si chinò e aprì uno zaino, poi, con gesti velocissimi, accese una fiamma e si girò per proiettarsi verso il cordone dei carabinieri, lanciando una bottiglia incendiaria. L'esplosione non fece quasi rumore ma la vampata sfiorò i militari che in modo ordinato arretrarono di una decina di metri. Senza pensarci un secondo, aumentai il passo per allontanarmi dalla prevedibile rappresaglia come fossi io il colpevole del gesto guerresco perché è cosa risaputa che in situazioni di guerriglia urbana quasi sempre le vittime casuali sono innocenti e solo l'inesperienza e il destino avverso le conducono alla rovina piuttosto che all'anonimato.

Percorsi un centinaio di metri dal Palazzo di Giustizia mi fermai. Avevo come un fischio alla testa, grondavo di sudore e il cuore martellava all'impazzata; ed ero stanco, stanco di tutto, soprattutto stanco di avere paura del mio corpo. Mi sono rotto i coglioni, pensai, se devo morire, morirò adesso e facciamola finita. Fu quella meravigliosa luce guerresca esplosa davanti ai carabinieri schierati a spezzare l'angoscia del pomeriggio e a risvegliare il flusso dei ricordi, la fiammata selvaggia della molotov aveva liberato in me qualcosa di rimosso. Il gesto impavido di un ragazzo sconosciuto vestito di nero era riuscito a infrangere l'argine della rassegnazione che mi bloccava da anni. E poi succede perché succede, non c'è bisogno di cercare altre spiegazioni o di fare troppe domande, quando le risposte non servono a nessuno. Quello che era importante prima non è più importante dopo e quello che hai visto fino a quel momento non conta più niente e in un istante emerge un'altra personalità: sempre Ivan Boscolo, ma Ivan Boscolo con la testa di trent'anni prima, Ivan

Boscolo il coraggioso, Ivan Boscolo il temerario, molto più simile al padre di quanto avesse mai voluto ammettere. Libero da ipocondrie come dai sensi di colpa e di qualsiasi indugio, mosso solo da lucida e feroce determinazione.

Succede che improvvisamente riemerge sorgiva quella parte profonda che hai sempre nascosto, sempre esistita e sempre temuta, legata al guinzaglio, imprigionata come qualcosa di cui doversi vergognare, quella forza primigenia che ti permette di fare le cose che prima non potevi neanche immaginare. Ti permette il coraggio, ti permette l'orgoglio, ti permette la virtù e ti permette la potenza, ti permette di fare l'unica azione che devi fare e non ce n'è un'altra che possa sostituirla. In quel momento, ed era solo quel momento, avevo bisogno di quella forza, tutto il resto non aveva più nessuna importanza e quindi chissenefrega; chissenefrega della violenza di una bottiglia incendiaria scagliata in pieno giorno davanti al Palazzo di Giustizia; chissenefrega degli anarchici apolidi e dei giovinastri di seconda generazione saccheggiatori del centro città; chissenefrega dei danzatori ossessivi e delle miserie di tutto il mondo che marcisce puzzolente sotto il sole di fine giugno. Solo mia figlia è importante in questo momento e io, Ivan Boscolo, figlio di Alberto, devo trovare Micol e la troverò questa notte.

Allungando lo sguardo fino piazza Cinque Giornate, era evidente che la marea dei danzatori avesse già preso il controllo di tutto corso di Porta Vittoria e si propagasse in entrambe le direzioni della circonvallazione. Il centro città era oramai in ostaggio dei giovani ballerini, di lì a poco mi aspettavo una reazione violenta delle forze dell'ordine e forse anche dei militari, sempre che non fosse già iniziata. In quel caso bisognava essere pronti a ogni soluzione e soprattutto trovare Micol prima che fosse troppo tardi.

Come ebbi ripreso a respirare in modo regolare, decisi di passare per le vie interne, costeggiando prima il Conservatorio e poi la facoltà di Scienze politiche. Davanti all'università c'era qualche ragazzo che ballava ma sembravano più dei poveri mentecatti abbandonati che la manifestazione di una ossessione collettiva. Distanti pochi metri, gruppi di uomini e donne di mezza età parlavano fra loro in modo concitato, confusi e spaventati, apparentemente privi di un leader che li guidasse in questa situazione di emergenza. Uno di loro, un professore di Storia dei movimenti sindacali conosciuto a un convegno qualche anno prima, mi riconobbe come collega, fece per salutarmi ma lo ignorai, accelerando il passo. Non avevo niente da dirgli, nessun argomento, nessuna ipotesi, nessuna voglia di condividere sgomento e preoccupazione, nessuna consolazione da offrire. Avanzai ancora per poi sbucare in piazza Tricolore, dove mi fermai. Presi il telefono dalla giacca ma era bagnato fradicio di sudore, tanto che non riuscivo a digitare e nemmeno ad aprire la visione dello schermo che rimaneva impallata e non rispondeva alle mie sollecitazioni. Cercai di asciugarlo con un lembo della giacca, peggiorando la situazione. Allora mi sedetti su di un marciapiede, presi il cellulare e lo misi sopra al ginocchio, esposto al sole che batteva fortissimo. Trascorsero cinque minuti durante i quali sudai gli ultimi liquidi del corpo rimasti, quindi ripresi in mano lo smartphone, rovente e di nuovo asciutto. Il telefono sembrava funzionare ma non riuscivo a prendere la linea, subito partiva una specie di irritante segreteria telefonica. Il suono era disturbato, si sentiva male, non riuscivo a capire se fosse un messaggio di Micol personale, ovvero registrato da lei, o un comunicato generalista trasmesso ai propri abbonati dai gestori telefonici che si attiva solo in determinate situazioni di emergenza. Provai ancora e poi ancora ma nulla, non partiva più nemmeno la registrazione vocale.

L'unica cosa rimasta da fare era tornare a casa.

M'incamminai lungo il viale alberato, attraversando uno dei quartieri più ricchi di Milano, popolato da borghesia benestante da diverse generazioni, famiglie che hanno affrontato il Novecento con il piglio del vincitore per poi ritrovarsi da un giorno all'altro in un mondo senza speranza, governato dalla follia e dal caos.

Tutte le casse audio installate del comune nei giorni precedenti erano spente, appese come animali morti ai pali della luce o ad altre strutture fisse. I ballerini erano di nuovo moltitudine, occupavano gli spazi come un agglomerato di corpi senza cervello, in movimento continuo sebbene un poco rallentato dal grande calore e dalla stanchezza. Circondavano gli eleganti chioschi con i tavoli all'aperto, coprendo in assoluto silenzio ogni metro del nuovo asfalto fatto di sampietrini candidi e roventi.

L'unico suono che si sentiva era quello dei cittadini affacciati alle finestre che gridavano parole di scoramento perse nel calore pomeridiano e nell'indifferenza della gioventù ammaliata. Ogni privilegio sociale si annullava nella cieca potenza della massa danzante e non vi era disperazione che potesse essere ascoltata.

Rimaneva solo un angolo dove non ballava nessuno. Là dove si concentravano gli esseri umani bisognosi, perlopiù pensionati che non ce la fanno ad arrivare alla fine del mese ma anche lavoratori licenziati di mezza età, tanti giovani stranieri, tante signore con il chador, tutti in fila sul marciapiede della mensa dell'Opera di San Francesco che per una sorta di spudorato paradosso classista stava proprio di fianco a uno dei più lussuosi hotel di Milano.

Queste e donne e questi uomini in cerca di cibo, guardavano i ballerini attoniti e spaventati ma, ciò nonostante, non abbandonavano il proprio posto in fila, in attesa della prossima cena delle sei e mezza, anzi istintivamente serravano i ranghi come una legione, pronti a rispondere a un attacco fisico che non ci sarebbe mai stato perché non era quello lo scopo dei maniaci.

Feci pochi passi nella loro direzione e vidi uscire dalla piccola porta aperta due frati con il volto teso e preoccupato. Dissero alcune parole che non riuscii a capire mentre spingendoli con le braccia facevano allontanare di qualche metro i primi questuanti della fila. Poi si voltarono e, a tradimento, rientrarono chiudendo l'entrata della mensa. Le donne e gli uomini in fila imprecarono, insultarono i frati spilorci e il loro Dio falso e ingannatore ma dopo pochi secondi si erano già quasi tutti arresi, disperdendosi fra i danzatori che di nutrirsi non avevano nessuna intenzione.

Superata la circonvallazione più esterna di viale Romagna, il quartiere Acquabella sembrava ancora tranquillo, sospeso in una calma perlomeno sospetta. C'erano molti parcheggi liberi, come nei fine settimana primaverili del ponte del Primo maggio, e quasi tutti i negozi avevano le serrande abbassate, nonostante fossero solo le sei. Passai davanti alla pizzeria Oceania che stava proprio di fronte a casa mia ed Elvira, una delle sorelle calabresi che la gestivano, la più eccentrica e socievole, mi vide e uscì in strada.

Aveva i lunghi capelli bianchi arruffati e sembrava sconvolta.

Professore, cosa sta succedendo?

Chiese con lo sguardo impaurito, le lacrime agli occhi e il trucco viola che le colava sul viso. La guardai con compassione, in quanto professore le ero debitore di una risposta, perché uomo informato e saggio, almeno secondo la reputazione guadagnata nel quartiere. Mi fermai, asciugai il sudore della fronte, feci per dire qualcosa ma poi proseguii oltre, evitando di rispondere.

Avevo venti prenotati, disse abbassando il tono di voce come se non fosse davvero una cosa importante ma utile per tornare un istante alla realtà, preoccupandosi dei coperti perduti.

Venti sono tanti, arriveranno?

Io ancora una volta non risposi. Lei allora si fermò in mezzo al marciapiede. Professore, ho scritto una poesia, disse, e adesso il tono di voce usciva flebile e angosciato.

Voltai la testa ma solo per un istante.

L'ho scritta per i ragazzi che ballano, sono una cosa bellissima, una cosa mai vista, ma mi fanno molta paura. Professore, ascoltami, davvero, non so come andrà finire questa cosa qua.

Le poesie non servono, Elvira.

Risposi d'istinto, usando un tono troppo ostile che lei non meritava. Me ne pentii subito mentre come un impostore entravo nel portone del mio palazzo. Ma che senso aveva mentirle? Anche io, come tutti gli altri, non sapevo come sarebbe andata a finire questa cosa, questa cosa che non aveva nemmeno un nome. Non avevo nessuna risposta da darle, sapevo che non c'erano più parole sensate da dire e non avevo la più pallida idea di cosa stesse succedendo. In meno di due giorni il nostro mondo era diventato un'allucinazione condivisa, assurda eppure fin troppo tangibile. Eravamo stati colpiti da qualcosa di enorme e inspiegabile, ogni opzione era possibile, persino quelle più spaventose e quindi no, nessuno poteva più contare su di me, non avrei più parlato con anima viva fino a che Micol non fosse stata di nuovo fra le mie braccia.

Tornato in casa, defecai con grande fatica, il gran caldo e lo stress avevano riaperto la mia vecchia ragade, causando uno spettacolare getto di sangue rosso brillante sulla bianca porcellana del water. Un'esperienza così truculenta che, se non fossi stato abituato, mi avrebbe condotto direttamente al pronto soccorso in cerca di aiuto.

Mi feci la doccia e poi mi coricai sul divano. Per cercare di calmarmi presi ancora lo Xanax, quaranta gocce, quando sono in casa preferisco usare la boccetta che ti consente un dosaggio più preciso e spesso più abbondante. Accesi lo stereo e misi su la versione di Nigel Kennedy di *Jovano, Jovanke*, una struggente canzone tradizionale macedone, poi adottata da tutti i Balcani, che parla dell'amore impossibile fra due giovani, divisi dall'odio delle rispettive famiglie.

Piansi pensando a mia figlia, piansi come un bambino che vuole essere consolato ma sa che non ci sarà nessuno a farlo perché era finita da un pezzo l'epoca degli abbracci affettuosi. Alla fine, è sempre una questione di amore, di passioni brucianti, abbandoni, divisioni forzate e distanze da colmare.

Nel frattempo, mentre lacrimavo, mi ero già scolato due vodka tonic. Ogni cinque minuti provavo a chiamare Micol, senza nessun risultato se non quello di aumentare il mio stato di angoscia compulsiva. Tornato sul divano, accesi l'aria condizionata, che tanto quella notte non avrei potuto usarla. Fuori dalla finestra l'albero di fico ingiallito dalla siccità sembrava chiedere un'ascia norrena che ponesse fine alle sue sofferenze. Se non fosse stato per mia figlia, avrei voluto lo stesso destino, certo più onorevole di quella stupida attesa senza scopo. Datemi un boia che sappia fare il suo lavoro e io non sarò più un problema per nessuno.

L'aria fresca e lo Xanax mi calmarono un poco, decisi quindi di farmi un altro vodka tonic per raggiungere il giusto livello di rallentamento cerebrale, necessario ad affrontare la mia spedizione serale mosso dall'incoscienza dei frastornati, come un assassino medievale nizarita che, seguendo gli ordini del Vecchio della Montagna, parte ammaliato di hashish e fanatismo dalla fortezza di Alamūt per compiere la sua missione omicida.

Mi accorsi di aver finito il ghiaccio e di avere lasciato la nuova bottiglia di tonica fuori dal frigo come un principiante qualsiasi.

La miscelai lo stesso con la vodka tiepida, avrebbe avuto più sapore. Accesi la televisione, su ogni canale c'erano le immagini in diretta da Milano. Mi fermai sul canale delle news ventiquattro ore su ventiquattro. I giornalisti in studio sembravano troppo agitati per essere dei professionisti, si guardavano intorno preoccupati mentre parlavano allarmati di questa specie di epidemia, usarono proprio questo termine, epidemia, manco fosse un'infestazione di morti viventi. Finché dietro le loro scrivanie non comparvero due giovani stagisti che ballavano come forsennati passando da una sala di registrazione all'altra, inseguiti dai tecnici e dai redattori più maturi che non sapevano come fermarli. L'inevitabile comicità della scena stonava con le immagini che intanto scorrevano sullo schermo principale dello studio: migliaia di danzatori innocui ripresi dall'alto, da un elicottero o più probabilmente da un drone, venivano assaliti dalle cariche della polizia che cercavano senza risultato di disperderli. In piazza Oberdan c'erano stati i primi scontri: lacrimogeni sparati ad altezza uomo, teste spaccate con i manganelli, calci in faccia, ragazzi pestati e trascinati a forza sulle camionette, dove comunque non smettevano di ballare.

Molto sangue, molta inutile violenza, eppure tutto il consueto armamentario della repressione poliziesca non stava funzionando, niente sembrava avere senso in quei torridi giorni di ossessione.

Decisi di uscire di casa per affrontare la città con una tenuta più agile possibile: camicia di cotone a maniche corte, bermuda sportivi con grandi tasche laterali e le solite scarpe da ginnastica di tela. Sembravo un povero coglione, l'immagine perfetta dell'uomo maturo che affronta l'estate avvilito dalla sua penosa condizione di emarginato sociale. Per di più, a tracolla portavo una logora sacca di cuoio nera comprata ai tempi dell'università, uno strumento molto utile in previsione di quello che avrei dovuto fare. Legato al palo della luce c'era il mio vecchio Piaggio Liberty 125, non lo usavo da circa due anni, dopo il grande trauma di un incidente sul pavé bagnato che mi aveva visto volare per terra fra le perfide rotaie del tram di viale Bligny come un ragazzino qualsiasi, con il furgone alle mie spalle che inchiodava per non schiacciarmi, facendo di me una delle tante vittime del traffico milanese. Purtroppo, non avevo alternative, per muoversi nella città intasata dai ballerini, lo scooter era l'unico mezzo che mi consentisse velocità e indipendenza. Alzai il sellone per prendere il casco ma solo a vederlo mi sentii svenire dal caldo. Feci per mettermelo in testa ma poi mi fermai. Ma perché? Vaffanculo, mormorai a bassa voce. A chi vuoi che importi se io oggi indossi o meno questo elmetto del cazzo che ho odiato fino dal primo giorno che mi hanno obbligato a usare, proprio all'inizio di questo secolo sciagurato, come per avvisarci tutti che la pacchia era finita e che non ci sarebbero state più leggerezza e incoscienza ma solo tante virtuose regole da seguire. Riposi il casco nel sottosella con un ghigno di soddisfazione quindi montai sullo scooter e provai ad accenderlo. All'inizio fece un po' di fatica, durante i due anni di immobilità avrei dovuto provvedere con una qualche idea di manutenzione ma chi ci pensa davvero a queste cose. Finché, dopo un po' di tentativi, il motore prese vita e sbofonchiando riuscì a partire. Imboccai viale Argonne per dirigermi verso il centro città. Per strada non si vedeva nessuno, sembrava di attraversare una zona di guerra dopo che sono suonate le sirene della contraerea.

L'aria calda sui capelli fu una sensazione dolce e straniante. Catturato da una Madeleine ribalda e assolutamente inopportuna data la tragicità del momento, mi vennero in mente gli anni novanta, le selvagge notti di estate durante le quali scorrazzavo in moto per la città fino al mattino, sempre pieno di alcol, animato da un senso di libertà quasi assoluto, speranzoso nel futuro che sembrava essere solo mio e di pochi miei sodali, sicuro che tutti gli altri non avrebbero mai capito, perché la consolazione dell'esclusività è la più stupida di tutte.

L'emozione dei ricordi durò davvero pochi istanti, in quel momento stavo viaggiando verso l'ignoto di una notte di tregenda che avrebbe potuto avere qualsiasi finale, anche il più impronunciabile, e non sarebbe bastata un po' di aria nei capelli a sedare il mio tormento.

Raggiunsi corso Buenos Aires passando da una via secondaria, pressappoco all'altezza di piazza Lima. La feci contromano, non c'erano automobili in giro e tantomeno polizia, evidentemente stavano presidiando il centro città insieme ai carabinieri. Il corso era invaso dai danzatori, così fitti che dovetti smontare dallo scooter per attraversarlo. Stesi sul marciapiede vidi due adolescenti privi di sensi, uno con gli occhi sbarrati, l'altro che pareva dormisse; pochi metri più avanti c'era una ventenne biondissima, forse straniera, che, nonostante fosse allo stremo delle forze, non smetteva di ballare, muovendosi a scatti disarmonici come la disgraziata Troffea a Strasburgo. Quasi tutte le vetrine dei negozi erano chiuse, a parte una nota catena di scarpe e vestiti sportivi che probabilmente non aveva fatto a tempo ad abbassare le serrande. Dalle sue porte spalancate, uscivano impuniti gruppi di ragazzotti a volto scoperto, carichi di merce rubata, soprattutto le scarpe da ginnastica, sponsorizzate da Michael Jordan. Per la maggior parte erano maghrebini, seconde generazioni provenienti dalle periferie e dall'hinterland, ma c'erano anche italiani, sudamericani e ragazzi di colore. Molti di loro avevano capelli neri e ricci, altri erano rasati a zero sulla nuca e sulle tempie, tutti indossavano delle orribili tute in acetato strette alle caviglie e portavano pesanti catene di oro fasullo al collo, appese insieme a un borsello di Gucci o di qualche altro stilista, probabilmente taroccato perché l'originale sarebbe costato diverse migliaia di euro. Si muovevano rapidi e furtivi scartando i ballerini, ma non trasmettevano nessuna sensazione di violenza e neppure di trepidazione, sembrava stessero lavorando o facendo una commissione per la famiglia. Insieme a loro c'erano anche molte ragazze coetanee, vestite più meno come i loro amici maschi ma con i capelli piastrati, grandi orecchini dorati a cerchio e unghie lunghissime smaltate di bianco. Sul viso mostravano un trucco acceso e pacchiano da sabato sera sui navigli, davvero fuori contesto in quella caotica situazione di saccheggio. La resistenza dei commessi e degli addetti alla sicurezza, di solito dei possenti uomini africani di poche parole e dai mezzi molto spicci, era inesistente e probabilmente se n'erano andati a casa da un pezzo. Non si può pretendere cieca fedeltà dagli sfruttati delle multinazionali.

Appoggiai lo scooter sul cavalletto e feci pochi passi verso l'entrata del negozio, ignorato da tutti, come se non esistessi. Mentre usciva carico di merce trafugata, guardai dritto in faccia uno dei ragazzi, aveva l'espressione sveglia e intelligente.

Tu, perché non balli?

Gli chiesi, sorprendendo anche me stesso.

Lui mi squadrò incuriosito e sorrise.

Un sorriso diretto e aperto, senza nessuna ironia.

Ho altro da fare, disse.

Il ragazzo avrà avuto diciotto anni. Era alto, atletico e robusto, sicuramente cosciente, rispondeva alle mie domande con grande franchezza. Era autentico e convincente, più di qualsiasi cosa avessi visto quel giorno, funestato da follia e violenza.

Mi accorsi di essere solidale con la sua visione della realtà.

Lui aveva altro da fare e lo sapeva.

Tutti gli altri invece continuavano a ballare.

Risalito sullo scooter imboccai via Tadino, sempre contromano.

Nelle strade più strette e parallele al corso Buenos Aires, i ballerini si facevano più rari, come se fossero attirati dal numero e istintivamente portati ad ammassarsi fra di loro, allo stesso modo di quegli insetti gregari che seguono uno stimolo di comando indifferente dalla loro volontà. Arrivato all'altezza dell'incrocio con viale Tunisia, un manipolo di uomini adulti dallo sguardo minaccioso, presidiava l'ingresso di un noto ristorante pugliese famoso per i suoi crudi di pesce, ancora inspiegabilmente aperto. Avevano le facce indurite e i corpi pesanti, pronti allo scontro. Un'immagine ancora più insensata dei ballerini che perlomeno non sembravano essere coscienti e si muovevano privi di ogni consapevolezza.

Chi voleva andare al ristorante in una situazione del genere?

Cosa pensavano di proteggere?

Gli passai davanti e li salutai con un gesto della testa, quello che sembrava il capo mi rispose allo stesso modo. Ci eravamo riconosciuti in quanto uomini adulti estranei alla piaga, per me poteva bastare.

Arrivato in via Panfilo Castaldi parcheggiai il motorino sul marciapiede davanti al negozio di prodotti asiatici. L'incrocio fra le due vie, proprio il luogo che vedevo tutti i giorni dalla finestra della mia camera di bambino, era occupato da sei o sette ragazzine e adolescenti indiane che ballavano in girotondo tenendosi per mano e cantando una filastrocca infantile. Per la prima volta da quando era iniziata la piaga registravo una variazione al consueto schema del ballerino incosciente che balla imperterrito senza preoccuparsi di ciò che lo circonda. Mi fermai a guardarle meglio, erano vestite a festa con degli abiti tradizionali, portavano i capelli adornati di piccole pietre colorate e gli occhi erano truccati con il kājal. Una donna indiana della mia età che conoscevo di vista, le controllava in piedi sulla porta del suo negozio.

Aveva lo sguardo triste ma già rassegnato.

Oggi la più grande doveva sposarsi, disse.

Io annuii, sempre più convinto della potenza magica delle cerimonie e compiaciuto della mia rinnovata capacità di osservazione ma non avevo tempo da perdere e non mi interessava nulla dei loro matrimoni, soprattutto in quel momento perché nell'aria si sentiva un ficcante odore di gas lacrimogeno. Proveniva da piazza Oberdan, dove erano avvenuti i violenti scontri poche ore prima. Mentre mettevo le chiavi nella serratura del portone guardai in fondo alla via: gruppi di ragazzi ancora si raggruppavano lungo il tratto finale di corso Buenos Aires. Nonostante la brutalità del pestaggio, la gendarmeria non era riuscita a disperderli.

Devo sbrigarmi prima che tornino i poliziotti, pensai, e torneranno sicuro perché è questo che fanno sempre.

Affrontai le scale a passo veloce e arrivai all'appartamento con il fiatone ma oramai delle reazioni scomposte del mio corpo non mi interessava più nulla. Solo poche ore prima il respiro pesante e i battiti del cuore mi avrebbero terrorizzato fino a neutralizzarmi. Entrai di nuovo nell'appartamento, senza esitazione raggiunsi il bagno usato da mio padre e aprii l'armadietto delle medicine.

La confezione di Roipnol era al suo posto, ben visibile nel primo ripiano a sinistra. Dalla prematura morte di mia madre, mio padre aveva sofferto di una forma di insonnia molto pervicace e il suo rifiuto di abdicare all'incoscienza lo aveva fatto quasi impazzire. Dopo avere provato decine di farmaci ansiolitici e ipnotici, solo il potentissimo Roipnol riusciva a dargli qualche ora di sofferta tregua notturna.

Il Roipnol, principio attivo flunitrazepam, detto anche droga dello stupro, è il farmaco che negli anni ottanta i tossici prendevano al posto dell'eroina quando non riuscivano a trovarla e che invece adesso molti uomini pavidi e malvagi utilizzano per rendere prive di coscienza le ragazze in discoteca o in qualsiasi altro posto, mischiandolo in modo subdolo alle loro bibite.

Presi la confezione e la portai in cucina, quindi estrassi cinque pastiglie da due milligrammi e le appoggiai sul tagliere di legno. Sarebbero bastate per addormentare un toro. Poi, con uno dei bicchieri da whisky di mio padre, i tumbler bassi con il fondo di vetro spesso, cominciai a schiacciare le pastiglie fino a sbriciolarle in modo grossolano. Usando un coltello da cucina abbastanza robusto, completai il lavoro, riducendole in polvere. Quindi tirai fuori dalla borsa di cuoio una bottiglia di acqua naturale da mezzo litro che mi ero portato da casa e la riempii con il Roipnol in polvere. Mischiato all'acqua, il farmaco creò una effimera nebbia che venne presto inglobata dalla massa liquida senza lasciare traccia. Ma questa iniziativa, così evidentemente scomposta e inadeguata, era solo la parte iniziale, quella più semplice peraltro, dello spregiudicato piano d'azione che avevo studiato mentre mi tormentavo sul divano poche ore prima.

Finito il tempo delle attese, dovevo essere in grado di affrontare qualsiasi situazione.

Era giunto il momento di andare nella stanza da letto di mio padre. Nonostante vivessi una situazione di parossismo emotivo, entrando sentii ancora forte il suo odore e istintivamente mi fermai, pensando alle conseguenze del gesto che stavo per fare.

Lui sarebbe stato d'accordo?

Mi avrebbe aiutato a prendere una decisione così radicale, oppure sarei stato congedato con uno sguardo di disapprovazione, così tipicamente suo da diventare quasi posturale?

Non mi importava più nulla del suo giudizio, non in quel momento, comunque non sarei tornato indietro, la posta in gioco era troppo alta anche per le questioni lasciate in sospeso con il mio passato.

Aprii l'armadio, in fondo, sotto alle giacche, c'erano due vecchie scatole in alluminio di biscotti krumiri di Casale Monferrato.

Le tirai fuori e le appoggiai sul letto.

Stetti fermo alcuni minuti a guardarle, erano bianche e rosse con dei fregi liberty e il mezzobusto baffuto del fondatore racchiuso in una cornice ovale, così arcaico da apparire quasi sacro.

Sospirai e facendo forza con entrambe le mani tolsi il coperchio alla prima scatola. Non trovai quello che cercavo ma solo dei vecchi volantini politici ciclostilati, sui quali spiccava in alto la scritta Brigate Rosse con una stella a cinque punte racchiusa in un cerchio in mezzo alle due parole. Parole un tempo potenti e temute che adesso non significano più nulla.

Sapevo cosa stavo guardando, era l'ultima traccia fisica del suo grande segreto. Prima della sua brillante carriera da giornalista, mio padre nell'estate del 1970 era stato uno dei fondatori delle Brigate Rosse, parte del nucleo storico insieme a Renato Curcio, Mara Cagol, Mario Moretti e Alberto Franceschini. Aveva partecipato a tutte le azioni propagandistiche più spettacolari e famigerate della fase iniziale del gruppo, nonché alle rapine di autofinanziamento. La sua militanza continuò fino all'autunno del 1973, quando abbandonò la lotta armata. Non fu identificato dalle forze dell'ordine e quindi incriminato dalla magistratura perché, quando furono arrestati, i suoi compagni non rivelarono mai il suo nome, né all'inizio né durante le decine di processi successivi.

Mi aveva svelato il suo segreto improvvisamente u… riggio di maggio, quando io ero già un uomo adulto. Fu mo… preciso e circostanziato sulle sue responsabilità politiche e criminali, come se, passati tanti anni, non volesse omettere nulla, in modo che fra noi non restassero dubbi o incomprensioni.

Rimasi molto colpito dal suo racconto ma non per il fatto in sé stesso, sospettavo da diverso tempo che mio padre nascondesse qualcosa di importante, c'era una parte della sua giovinezza di cui non parlava mai e troppi suoi amici, fra cui Lorenzo del Casoretto, erano altrettanto reticenti. Inoltre, conoscevo bene i movimenti politici degli anni settanta, avendoli studiati all'inizio della mia carriera accademica, e una strada così pericolosa e avventata l'avrebbero potuta intraprendere molti ventenni, impegnati politicamente come lui. Ciò che mi ferì fu che avesse aspettato così tanto a concedermi la sua fiducia e soprattutto la sua complicità. Gli ci erano voluti più di trent'anni per coinvolgermi nella sua vita, come se fino a quel momento non fossi stato abbastanza maturo per capirla, un ragazzino che gioca a fare la rivoluzione.

Questa sua scelta non gliela perdonai mai.

Posai la scatola e presi l'altra, questa volta aprendola senza indugiare. Lei era ancora lì, dove l'avevo vista l'ultima volta, quando mio padre, per dare più forza alla sua confessione, aveva deciso di mostrarmela. La famigerata Luger 9 mm Parabellum sembrava un oggetto inoffensivo e non la micidiale pistola automatica usata dagli ufficiali della Wehrmacht durante la Seconda guerra mondiale. Preda bellica molto ambita per i partigiani di tutte le nazioni, un'arma da nascondere con cura. Di fianco alla pistola giaceva il caricatore, con tutti i suoi proiettili. Entrambi sembravano conservati molto bene, mio padre doveva averla oliata ogni mese, gesti semplici e ripetuti come ogni affettuosa abitudine. Abitudine o, meglio, fissazione, che mi era stata tramandata.

Dopo la rivelazione paterna che portò alla nostra separazione, nel corso degli anni avevo visto decine di tutorial in rete che spiegavano come caricare, usare e persino smontare pezzo per pezzo la vecchia pistola tedesca. Avevo rifiutato il passato di mio padre ma volevo comunque essere pronto a ereditarne l'arma. Dovevo prepararmi a quel momento che sapevo prima o poi sarebbe arrivato, convinto che l'automatica nascosta nella scatola di biscotti dentro all'armadio, l'oggetto più micidiale della clandestinità di mio padre, appartenesse al mio retaggio di figlio una volta diventato adulto e nessuna traversia della vita o incrocio del destino avrebbe potuto mai potuto dispensarmi da quella responsabilità.

Operando in modo inaspettatamente rapido ed efficace, inserii il caricatore dentro al manico di legno che entrò senza fare resistenza, incastrandosi perfettamente con un rumore meccanico.

La impugnai, sembrava più piccola di quanto ricordassi, aveva la canna abbastanza corta, eppure pesava parecchio e dava l'impressione di essere letale. Sul fondo della scatola c'erano altri proiettili sparsi, ne presi una manciata e li misi in tasca.

Fu un gesto spontaneo, non credevo che quella sera mi sarebbero mai serviti, gli otto proiettili nel caricatore erano più che sufficienti per quello che dovevo fare.

Come mi confidò qualche anno prima con la sua prosaica saggezza Lorenzo del Casoretto: se dopo aver sparato tre o quattro colpi non hai ancora risolto la situazione, allora hai davvero un grosso problema.

Io non cercavo problemi, volevo solo salvare mia figlia.

Francesca

Per raggiungere piazzale Cadorna decisi di fare il giro dai bastioni spagnoli. Da Porta Venezia fino a Porta Nuova, la circonvallazione interna era completamente invasa dai ballerini. In sella al mio scooter fui assorbito dalle transumanze che guidavano i ragazzi semicoscienti fino al parco Sempione. Fiaccati dal caldo infernale della giornata, adesso si muovevano più lenti, sembravano quasi innocui, danzando sotto i raggi del sole che basso si stagliava all'orizzonte, sfiorando il profilo delle Alpi Occidentali.

Un vento caldo di Fhön aveva improvvisamente aperto il cielo di Milano, la tersa bellezza delle ultime ore del giorno stonava con il paesaggio umano della piaga, soffocato da sofferenza e solitudine.

Lungo la strada vidi centinaia di danzatori stesi sull'asfalto privi di sensi a cui nessuno badava. Nonostante poco distante ci fosse il Fatebenefratelli, un ospedale importante attrezzato di pronto soccorso, le ambulanze non sarebbero comunque riuscite a passare in mezzo a tutti quei corpi inermi, anche io facevo fatica a trovare un varco con il mio scooter e, nei punti di maggiore densità, dovevo spegnerlo e spingerlo a mano. Alcuni dei ragazzi ancora muovevano le gambe o le braccia ma la maggior parte erano immobili, bloccati in posizioni innaturali, prive di quiete.

Avanzai lungo la breve salita superando il ponte delle Gabelle, dieci metri più sotto la chiusa della Martesana disegnata da Leonardo era circondata dai ballerini che avevano invaso anche le vie circostanti. Arrivato all'altezza di corso Garibaldi, sulla mia sinistra un centinaio di carabinieri in tenuta antisommossa impedivano l'accesso al quartiere di Brera, lasciando invece sguarnito il piazzale davanti a Eataly e corso Como, dove gli invasati avevano occupato ogni metro calpestabile.

Fermo in mezzo alla strada, ebbi la sensazione di essere osservato. Alzai gli occhi al cielo e, appena sopra i palazzi più alti del viale, vigilava immobile un drone militare, da ricognizione credo, ma sicuramente non era il passatempo di un dilettante. Era largo circa quattro metri e lungo qualcosa meno, scheletrico e minimale, verniciato con il classico colore bianco grigiastro dell'aviazione. Sembrava un insetto predatore in attesa di colpire. Il drone era fermo a mezz'aria, come se stesse mappando il terreno circostante. Alzai il braccio e gli puntai il dito contro.

Riprese quota, senza fare nessun rumore.

Riacceso lo scooter, avanzai per qualche centinaio di metri. La situazione sembrava peggiorare, più mi avvicinavo al parco più la massa dei danzatori si faceva fitta e non c'era più traccia di polizia ma nemmeno di ambulanze o di semplici uomini e donne adulti.

Arrivato alla Fondazione Feltrinelli, fu come se il cielo mi precipitasse sulla testa. Per un istante mi parve di riconoscere il corpo di Micol riverso nei giardini davanti alle grandi vetrate. Rallentai fino a fermarmi e bastò uno sguardo più ravvicinato per capire che non fosse mia figlia bensì una sua coetanea, simile nella corporatura e con gli stessi capelli castani, lunghi e lisci. Il conforto immediato provocatomi dal mancato riconoscimento strideva con il tragico destino della giovane donna che, per quanto ne sapevo io, poteva essere anche morta. Mi si accapponò la pelle al pensiero di come in quel momento riuscissi a essere refrattario a ogni espressione di empatia umana. Trascorse neanche quarantotto ore dall'inizio di questa inesplicabile Piaga del Ballo, avevo già maturato il cinismo che dilaga nelle zone di guerra o durante le grandi pandemie, quando si è obbligati a scegliere quale vita debba essere salvata e quale possa essere sacrificata, senza avere spazio per indecisione o ripensamenti.

Avanzai ancora fino ai confini del parco Sempione, mantenendo una velocità di circa venti chilometri orari, sfruttando il percorso della pista ciclabile che per qualche ragione misteriosa era evitata dai danzatori in trance che stavano ben attenti a non superare il basso marciapiede che faceva da confine, simbolico eppure potentissimo. Con il passare delle ore mi appariva sempre più chiaro che ogni manifestazione di questa mania, anche la più marginale e apparentemente poco importante, ci precipitava dentro a una psicosi irrazionale, governata da un linguaggio magico allegorico per noi incomprensibile da millenni, riemerso prepotente in questa estate crudele, sfidando ogni legge della logica.

Io non sono mai stato uno scientista positivista come il mio amico Alessio, ho sempre cercato di lasciare delle porte aperte a percorsi di ricerca meno prevedibili che non fossero implicitamente razionali. Ma più avanzavo nella Milano sommersa dalla piaga, più mi rendevo conto che se mi fossi smarrito in quella selva infernale avrei rischiato di perdere il senno e che con ogni probabilità il mio sarebbe stato un viaggio senza ritorno.

Dopo poche centinaia di metri la pista s'interruppe nel nulla e la calca umana divenne così fitta da non consentire di procedere oltre.

Scesi dalla sella e trascinai lo scooter fino all'entrata dell'Acquario comunale, sbarrato come tutto il resto degli edifici pubblici. L'appuntamento con Francesca però era dall'altra parte del parco, in una piccola via di fianco a piazzale Cadorna sede di una prestigiosa casa editrice con il quale avevo pubblicato un breve saggio di critica letteraria qualche anno prima.

Dovevo raggiungerla attraversando la ressa degli ammaliati senza sapere cosa avrei trovato a ostacolarmi, perché un mostro alato con sei teste eruttante fuoco sarebbe stato meno sconvolgente di quanto stava accadendo sotto i miei occhi. Appoggiai lo scooter sul cancello del parco e con la borsa di cuoio ben stretta a tracolla cominciai a camminare verso il castello, costeggiando Foro Bonaparte. Intorno a me era il caos, gli eleganti palazzi borghesi della Milano ottocentesca e francesizzante circondavano come un'arena il fiume di giovani invasati mentre dalle finestre del viale la gente prigioniera negli appartamenti urlava e si disperava. Alcuni cittadini, degradati dall'impotenza e dai privilegi perduti, sputavano verso il basso, come volgari vaiasse dei bassifondi, altri gettavano sui ragazzi oggetti di ogni tipo: libri, scatole, pentole, carabattole, acqua, vidi volare persino una sedia. Si elevava in quel contesto di degradazione la figura distinta e austera di un uomo sui settant'anni che sul suo balcone del terzo piano aveva posizionato verso l'esterno delle casse da almeno 100 watt di pregevole qualità artigianale. E sebbene il chiasso isterico degli altri condomini disturbasse l'ascolto, fui sicuro di riconoscere le note della *Follias Criollas* di Jordi Savall, una antica danza portoghese a progressione armonica dai sicuri effetti salvifici e propiziatori. L'uomo aveva una barba bianca ben curata di media lunghezza, indossava una vestaglia di seta rosso vermiglio e fumava guardando la strada, sorseggiando un liquore.

Mi ricordò l'immagine iconica dello scrittore Romain Gary, appena prima di suicidarsi. Probabilmente anche l'uomo distinto aveva la rivoltella pronta sopra al cassetto e questo era il suo ultimo spettacolo prima di congedarsi dal mondo, la sua grande occasione per una spettacolare uscita di scena. I ballerini però non reagivano a nulla, né agli insulti, tantomeno alla musica del gentiluomo, continuando ad avanzare verso il parco che pareva essere la loro meta finale.

Neanche il tempo di attraversare la strada e vidi lo schieramento dei danzatori ondeggiare silente come colpito da un urto invisibile e subito dopo gruppi di ragazzi cadere uno dietro l'altro, abbattuti da un getto d'acqua portentoso. Cadevano e si rialzavano, come sempre avevano fatto fino a quel momento, ma la potenza dell'acqua li proiettava ogni volta più lontano, creando un varco che venne subito occupato da due camion della polizia armati di idranti che continuavano furibondi a spazzare dalle strade i danzatori. Alle spalle dei mezzi corazzati, centinaia di poliziotti in assetto antisommossa avanzavano a falange, battendo i manganelli sugli scudi di plexiglas quadrati, mostrando ancora una volta di non avere capito nulla di quanto stava succedendo.

A chi dovevano fare paura?

Chi avrebbe ascoltato il loro inutile tamburo di guerra?

Cominciai a correre in direzione del Castello Sforzesco.

Sì, proprio così, io stavo correndo, un gesto per me impossibile solo il giorno prima. Animato da un'energia potente quanto inaspettata, mi sentii trascinato da una determinazione che neanche pensavo di avere, una forza primordiale nascosta da qualche parte del corpo che riemergeva rompendo ogni argine e ogni timore autoimposto. Iniziai a correre con tutti i miei novantacinque chili, il mio stomaco enfio e tumefatto, la glicemia alle stelle, l'ipertensione, il fegato ingrossato, i muscoli afflosciati dall'ozio, l'aritmia nervosa, l'insonnia e la cronica quanto benedetta dipendenza da alcol e ansiolitici; mentre le gambe si liberavano sopra l'erba mi resi conto che erano almeno venti anni che non facevo un gesto fisico così risoluto e spontaneo, venti anni che il mio fisico non si metteva alla prova senza patemi d'animo e fondate paure terminali.

Scartando la ressa dei ragazzi attraversai i prati davanti al castello dove vidi gruppi di miei coetanei, e qualcuno persino più vecchio, aggirarsi in una vana quanto disperata ricerca; forse un figlio, un nipote, una speranza qualsiasi. Si muovevano impauriti e spaesati, privi di organizzazione e leadership, inconsapevoli di ogni direzione, come se questo nuovo mondo impazzito non gli appartenesse più e loro stessero facendo l'ultima azione della loro esistenza, prima di sparire per sempre insieme a tutti i ricordi e i segnacoli usurati della loro epoca che purtroppo era anche la mia, sebbene facessi qualsiasi cosa per dimenticarlo.

Erano tanti e io ero solo ma nessun uomo o donna avrebbe potuto accompagnarmi in spasmodica ricerca e io non cercavo un complice momentaneo con il quale condividere la pena di un figlio disperso. Mi avrebbe solo rallentato e reso più vulnerabile.

Dove erano finiti tutti i miei compagni di strada? Quale passo falso o coincidenza del destino ci ha fatto allontanare, quale scelta sciagurata o anche solo inevitabile?

Insicuri e narcisisti, codardi, soprattutto codardi, ogni volta che abbiamo avuto l'occasione di dimostrarlo, siamo rimasti soli a danzare sulla nave in tempesta, ciechi e privi di ogni direzione, aspettando che ogni cosa intorno a noi deperisse o, ancora peggio, diventasse farsa. Che strazio e che disperazione, o, come diceva mia nonna, che pena. Eppure, nonostante la mia solitudine, guardavo quelle persone senza provare nessuna emozione e nessuna empatia. Io non ero come loro, non pensavo come loro, avevo una storia molto diversa dalla loro e soprattutto non potevo farmi distrarre dalla compassione o dalla solidarietà generazionale che è il sentimento più semplice e falso che esista, a buon mercato come ogni altra consolazione.

Avevo la mia sacca di cuoio ben stretta al collo, avevo i miei strumenti, efficaci, affidabili e definitivi, avevo un piano di azione e l'avrei portato a termine con ogni mezzo necessario.

Ripresi a correre, facendomi strada a spintoni nella ressa dei maniaci fino a raggiungere l'antico fossato difensivo del castello, un tempo pieno d'acqua proveniente dal naviglio. Rimasi sbalordito dal vederlo completamente vuoto, neanche un ballerino danzava sul fondo erboso dell'ampio canale come se avessero timore di essere in qualche modo circondati ed evitassero tutte le strade delimitare da confini materiali. A me invece andava benissimo calarmi in quel percorso medievale da impavido assaltatore, mi avrebbe fatto guadagnare tempo prezioso. Scavalcai la bassa recinzione di ferro battuto e raggiunsi scivolando la base del fossato, profonda cinque o sei metri.

Camminando con calma per riprendere fiato, percorsi tutta la mezza circonferenza delle mura, passando indisturbato sotto alle antiche feritoie, usate dagli archibugieri per sparare sugli assedianti. Calpestando l'erba del fossato pareva essersi aperta una porta su di un'altra realtà, serena e pacificata, dove non vi era nessuna piaga e l'estate cominciava il suo torrido percorso come ogni anno. Accompagnata da un silenzio innaturale, la luce tiepida del giorno maturo si rifletteva sulle pietre delle mura, attenuando ogni velleità di azione e di violenza. Solo l'acuto miagolio dei gatti che come me, a decine, avevano trovato rifugio sottoterra per sfuggire alla prepotenza della mania, interrompeva l'illusione di una tregua.

Riemersi proprio sotto il torrione di sinistra e fui di nuovo in mezzo al parco. Il paesaggio umano non era cambiato, i ballerini erano ovunque. Guardai l'orologio e mi accorsi di essere in ritardo di quasi mezz'ora, un fatto per me inaccettabile anche in una situazione di emergenza. Attraversai la strada e

Francesca era già lì, sull'angolo della via, in mezzo a centinaia di danzatori inerti.

Era una donna molto affascinante. Alta e magra, dal portamento fiero, con i capelli lunghi e i grandi occhi marroni chiarissimi fino a sembrare quasi gialli, pitturati di nero con il kājal. Ne ero ancora innamorato e lei probabilmente lo sapeva. Ci eravamo conosciuti durante l'ultima grande occupazione dell'Università Statale, quella che fu chiamata con una certa sfacciataggine movimento della Pantera. Lei era iscritta Scienze politiche io a Lettere ma nel calderone caotico e vibrante dell'aula magna conquistata, nessuno faceva caso a queste differenze. Fu un amore a prima vista, potente e tumultuoso che durò ben oltre la convivenza e la nascita di nostra figlia, eventi che di norma allontanano le coppie. E se fra di noi, anche dopo tanti anni, almeno sottotraccia, un forte legame non aveva mai smesso di esistere, Francesca a un certo punto, e senza nessuna seria avvisaglia, aveva deciso che io non dovessi più fare parte della sua vita. Una rinuncia priva di alternative, in quanto dopo la separazione non si era mai trovata un altro uomo con cui vivere. Voleva stare da sola, esigeva di gestire il suo tempo e il variare dei suoi insondabili umori in modo esclusivo, senza nessun compromesso che la limitasse o anche solo il sospetto di un giudizio. Una pretesa assurda quanto velleitaria. La libertà deve rimanere un sogno inarrivabile, non può mai trasformarsi in un orizzonte raggiungibile se non vanificando ogni possibile verità e ogni appartenenza, abbandonandosi all'arbitrio e ai capricci dell'egoismo. Da questo eccesso di egoismo non era investita nostra figlia Micol, per la quale Francesca si sarebbe cavata entrambi gli occhi e ogni goccia di sangue e che, naturalmente, dopo la separazione andò a vivere con lei nella sua nuova graziosa casa di Porta Romana, senza nessuna opposizione da parte mia che di norma non combatto battaglie perse.

Francesca mi venne incontro, abbracciandomi. Indossava dei sandali e un leggero vestito di cotone colore dell'ambra.

La strinsi forte unendomi al suo sudore di madre angosciata nei giorni più caldi della storia del mondo.

Lei mi strinse ancora più forte e mi baciò il collo.

Troviamola disse, troviamola subito.

Il rumore di un forte schianto ci liberò dell'abbraccio.

In fondo alla strada dove ci eravamo fermati, sull'angolo del viale alberato che costeggia il parco, una volante della polizia municipale era andata a sbattere contro un grande ippocastano, forse per evitare di investire i danzatori.

Gli agenti uscirono dalla volante, sembravano spaventati da qualcosa ma intorno a loro c'erano solo gli ossessi che senza alcuna variazione di ritmo continuavano a ballare.

Fu tutto molto veloce.

Avanzando nascosti fra la moltitudine dei ballerini, una ventina di anarchici con le felpe alzate sulla testa e le mascherine nere in volto, circondarono la pattuglia, aggredendo gli agenti con i manici di piccone. Un vigile colpito al volto con una bastonata scappò correndo verso piazzale Cadorna, incurante del destino dei suoi colleghi che a loro volta per difendersi impugnarono le pistole. Il graduato non esitò a sparare: il primo colpo fu esploso in aria ma nessuno degli assalitori arretrò di un metro, oramai erano troppo vicini per rinunciare all'attacco; il secondo e il terzo

: sparati dal suo collega trapassarono rispettivamente
› e la pancia di un ballerino innocente che avrà avuto massimo sedici anni. In preda al panico, entrambi gli agenti si diedero alla fuga, abbandonando la volante che in poche decine di secondi e con coordinata efficienza, fu ribaltata dagli anarchici e data alle fiamme, usando uno straccio infuocato infilato nel bocchettone della benzina. Intanto, il ragazzo colpito delle pallottole, si era rialzato. Aveva il ventre sanguinante e il braccio a penzoloni ma cercava comunque di continuare a ballare. Un anarchico poco più grande di lui provò a soccorrerlo, tamponandogli la ferita alla pancia con una bandana di cotone ma il ballerino non smetteva di muoversi, aggravando la perdita di sangue che colava copioso sull'asfalto. La donna che sembrava a capo del plotone guerrigliero si avvicinò al ferito, guardò il foro nella pancia e scosse la testa, subito dopo tutti i militanti cominciarono a disperdersi fra i danzatori, lasciando il ragazzo sanguinante alla sua sorte.

Solo un anarchico rimase indietro, armato di bomboletta spray. Sulla facciata ottocentesca dell'elegante palazzo proprio di fronte noi stava disegnando una grande A cerchiata.

Accortosi della nostra presenza, si voltò e ci guardò, calò la mascherina e annuì, cercando la nostra attenzione.

Alzò il pugno sinistro al cielo e cominciò a scrivere.

Come ebbe finito, si dileguò raggiungendo i suoi compagni.

Sul muro rimase solo una frase.

Chi non terrorizza si ammala di terrore.

Entrammo nel parco dalla porta più piccola a sinistra del castello, dove da più di cinquant'anni c'era un chiosco in cui i bambini compravano il gelato e i tossici di tutte le età birre in bottiglia che lasciavano poi fracassate al suolo. Era chiuso, il proprietario usando delle transenne di alluminio aveva creato una sorta di barriera estesa a semicerchio per proteggerlo dai danzatori. All'inizio mi parve un gesto inutile, eppure sembrava funzionare perché i ragazzi ammaliati evitavano la barriera, come prima avevano evitato il cordolo della pista ciclabile o il fossato del castello. Oramai era chiaro che la piaga avesse le sue regole ed era una cosa da tenere in considerazione per ogni decisione futura.

Sorpassato il cancello, il paesaggio umano sembrava emerso da un'allucinazione perversa, il parco era invaso dai ballerini che esausti si muovevano appena, trascinandosi apparentemente senza meta perché il loro percorso era concluso, sempre che ce ne fosse stato uno. Oramai lontani dalle strade e dalle abitazioni, non si sentiva più alcun rumore, gli ossessi ballavano muti e i loro passi sbilenchi sul terreno erano attutiti dall'erba. Molti ragazzi erano stesi sul prato privi di sensi ma non venivano calpestati dai loro compagni che ancora riuscivano a danzare, perché il contatto avrebbe interrotto ogni movimento e tutte le ossessioni vivono di una maniacale precisione. Cercavano solo di evitarli muovendosi al rallentatore, creando un turpe paesaggio umano di demenza collettiva. Alcuni dei danzatori sudavano in modo innaturale come se ogni liquido volesse uscire dal corpo oramai inutile, altri credo fossero già collassati o forse morti.

Noi camminavamo in mezzo a loro senza porci domande.

Tenevo per mano Francesca, entrambi avevamo paura di perderci nella calca ma davvero il grande caldo ci limitava nei movimenti perché a Milano l'imbrunire è il momento peggiore, il cemento rilascia tutta l'energia accumulata durante il giorno e l'aria diventa irrespirabile.

Stavamo scendendo faticosamente lungo il falso piano di fianco al grande pratone sotto al castello, quando Francesca lanciò un urlo improvviso, così forte che rimasi impietrito.

Puntò il dito verso un gruppo di ballerini. Marianna, l'amica di Micol con la quale era uscita di casa per andare al rave, stava ballando proprio di fronte a noi. Era circondata da una decina di ragazzi, talmente esausti che li spostammo solo appoggiando le mani sui loro corpi. Cadevano a terra, alcuni si rialzavano, la maggior parte rimaneva giù stesa sul prato.

Marianna ballava da sola, a petto nudo con i grandi seni bianchi arrossati dal sole e i capelli rossi sciolti lungo la schiena, tutti appiccicati dal sudore. Aveva un'ampia ferita d'abrasione sul braccio destro ma nel complesso sembrava stare bene. Francesca le si piazzò davanti e cominciò a gridare il nome di nostra figlia, la cui eco sembrò invadere l'intero parco. La ragazza parve per un istante ridestarsi ma poi continuò a ignorarci.

Esasperata dalla sua passività, Francesca le prese le braccia e cominciò a scuoterla, tanto che a Marianna cadde il cellulare dalla tasca posteriore dei pantaloni. Francesca subito lo raccolse, sbloccò lo schermo privo di codice e vide le decine di chiamate dei genitori senza risposta.

Che senso ha tutto questo dolore, pensai, cosa resta da fare a noi adesso, quando tutte le nostre azioni si perdono in un'agghiacciante insensatezza. Agguantai Francesca per la vita e la trascinai via, facendomi largo fra gli invasati. Lei però non mollava la mano di Marianna che a sua volta opponeva resistenza con le residue forze rimaste. Cademmo tutti e tre a terra e mentre Marianna si rialzò subito per continuare a ballare, Francesca e io rimanemmo stesi sull'erba, circondati dai danzatori. Allora l'abbracciai forte, cercando di consolarla, finché non rispese a respirare con più calma, singhiozzando sulla mia spalla. Non potevamo fare nulla, se non andarcene e continuare la ricerca di nostra figlia.

Marianna doveva essere lasciata indietro.

Tornati sulla strada sterrata del parco ci sedemmo su di una panchina, una di quelle di solito occupata dai pensionati e adesso ignorata dai danzatori che però ci circondavano in ogni direzione. Francesca era sconvolta e respirava ancora male, le diedi dell'acqua da bere, avevo due bottiglie di plastica con il tappo di colore diverso per non confondere quella contenente il Roipnol.

Dove è Micol? Chiese Francesca, esasperata. Era uscita con Marianna ma adesso lei è qui che balla mezza nuda e la nostra bimba è sparita… Ivan, dove è nostra figlia?

Francesca bevve un altro sorso d'acqua dalla bottiglietta, aveva ancora il fiatone e lo sguardo terrorizzato.

Cosa sta succedendo? Ho visto il telegiornale, certo che l'ho visto, le immagini erano impressionanti, ma non pensavo di trovarmi in mezzo a questo incubo. Ivan, questa cosa tutta intorno a noi è un incubo, non possiamo chiamarla in nessun altro modo.

Francesca fece una pausa, lo sguardo perso davanti a sé.

E adesso cosa faccio, disse senza guardarmi come se parlasse da sola, chiamo la mamma di Marianna, povera donna, adesso la chiamo e cosa le dico, le dico che ho visto sua figlia che ballava come un'ossessa in mezzo al parco, circondata da dei dementi. Le dico che l'ho lasciata lì sul prato e l'ho fatto consapevolmente, l'ho abbandonata mezza nuda e sanguinante in questo assurdo carnaio. Davvero non pensavo il rave fosse così, non potevo immaginare questo inferno, davvero non potevo...

La guardai scuotendo la testa, avrei voluto baciarla, stringerla forte ancora ma non lo feci, mi sentivo svuotato, incapace di ogni reazione. Non lo so, risposi, nessuno può saperlo. Presi la bottiglietta dalla sua mano e feci un lungo sorso, poi continuai.

Secondo Alessio, il mio amico antropologo, siamo di fronte a un'isteria collettiva, una sorta di mania parossistica generata dalle paure e dalla fragilità emotiva di questi anni, dall'accumulo stratificato d'ansia, causata dalle guerre, le stragi di civili, il ritorno della bomba atomica come argomento da talk show, la pandemia, quella passata e quelle che arriveranno, il riscaldamento globale e aggiungi tu quello che vuoi perché l'elenco può essere molto lungo. Tutti i danzatori sono come un unico corpo malato che muovendosi senza sosta tenta di guarire dall'ossessione, una specie di tarantismo che colpisce decine di migliaia di persone, forse centinaia di migliaia.

Francesca mi guardò come se fossi pazzo.

Ma Ivan, di cosa stai parlando? Cosa cazzo dici!

Non lo so Francesca. Io davvero non so cosa pensare ma questa psicosi collettiva mi sembra davvero una cosa troppo spaventosa per trovare una risposta qualsiasi. Quello che dice Alessio lo capisco ma non mi basta, per lui la danza senza interruzione è una sorta di intossicazione psicologica con una spiegazione scientifica a suo modo plausibile, seppure improbabile; invece, a me questa mania insensata che ha preso i ragazzi mi pare proprio una piaga, inspiegabile come tutte le maledizioni. Non possiamo capire questa cosa, dobbiamo abbandonare ogni tentativo di ragionamento logico che tenti di giustificare l'assurdo. Per guarire i ragazzi forse ci vorrebbe una grande cerimonia, una processione rituale che funzioni come un esorcismo di massa. Una spettacolare manifestazione di suggestione simbolica forse avrebbe più effetto.

Perché solo i giovani? Chiese Francesca, allargando gli occhi.

Scrollai le spalle, perché sono giovani, credo, sono l'energia rinnovatrice del mondo, dovrebbero essere i sognatori e i rivoltosi, quelli che cambiano le cose perché ancora non le conoscono fino in fondo e non possono scendere ai compromessi derivati dall'abitudine. E in quanto giovani, assorbono maggiormente l'emotività e il disagio sociale di una realtà che sentono come ostile, senza avere nessuna colpa. Gli adulti oramai non hanno più nulla in cui sperare, non hanno una visione del futuro come tempo da conoscere e da consumare.

Tutti gli errori che potevamo fare li abbiamo già fatti.

La conversazione venne interrotta dal frastuono dei manganelli battuti sugli scudi di plastica. Ci girammo verso la direzione del suono, ovvero il cancello dal quale eravamo entrati poco prima. Schierati a quadrato, una cinquantina di celerini entrarono nel parco, facendosi largo a manganellate.

Cosa combinano questi idioti, dissi a bassa voce, dovrebbero mandare le ambulanze non i poliziotti, non servono a niente in mezzo a questa bolgia, possono solo fare danni.

Francesca e io salimmo in piedi sulla panchina per vedere meglio. I celerini che stavano entrando nel parco erano diversi da quelli che avevo visto in precedenza. Non indossavano il casco, avevano la camicetta blu a maniche corte e gli scudi trasparenti, più piccoli e rotondi da antico guerriero vichingo. Ed erano anche tutti uomini maturi, gente che non avrebbe mai ceduto alla mania. All'arrivo del quadrato nessuno dei danzatori fece resistenza ma neanche si spostarono, inconsapevoli di ogni pericolo.

L'avanzata si trasformò subito in un massacro, i poliziotti colpivano sulla testa i ragazzi che cadevano uno dopo l'altro, alcuni tentavano di rialzarsi e venivano colpiti di nuovo ma la maggior parte restava a terra e veniva calpestata dai celerini. I danzatori erano talmente ammassati che più il quadrato dei mazzieri guadagnava terreno più veniva bloccato dai corpi esanimi dei caduti, che si stavano ammucchiando uno sopra l'altro come durante le fucilazioni naziste degli ebrei in Ucraina nella Seconda guerra mondiale, prima che le SS migliorassero la logistica dello sterminio usando le camere a gas. Lontani da ogni logica militare come dal semplice buonsenso, i celerini avanzarono ancora finché non rimasero incastrati nella calca dei corpi inerti.

Un ufficiale in borghese allora cominciò a gridare di ritirarsi.

Nel silenzio agghiacciante della mattanza sentii perfettamente la sua voce acuta e gracchiante, era sconvolto, neanche lui si aspettava una follia del genere. Prese per le braccia i primi celerini della fila e li tirò indietro ma questi continuavano a colpire come s'avessero perso ogni freno inibitore. Dopo un pomeriggio passato chiusi nei cellulari roventi ad attendere l'azione repressiva, finalmente avevano un nemico inerme con cui sfogare la propria rabbia. Imprecando e spingendo, l'ufficiale riuscì a portare fuori dal parco i suoi uomini lasciandosi alle spalle i corpi tumefatti di centinaia di ragazzi, abbattuti a manganellate.

C'era sangue ovunque ma non si sentiva un lamento.

Sceso dalla panchina, feci alcuni passi ancora sconvolto dalla inutile violenza a cui avevo assistito, quando sentii un gemito.

Francesca mi prese la mano, aveva capito.

Andiamo Ivan, disse.

Facemmo una trentina di metri e lo trovammo.

Era sdraiato sull'erba a pancia in su, avrà avuto venticinque anni, i capelli cortissimi colorati di azzurro, il corpo snello e tatuato, di carnagione olivastra, pieno di ecchimosi per i colpi ricevuti, gli occhi chiari semichiusi da un ematoma. Sanguinava dalla bocca, colpito da un calcio in faccia o da diverse manganellate. Sentivamo il suo respiro affannato ma anche il suo lamento, non era mai successo che qualcuno dei danzatori emettesse suoni. Francesca si avvicinò a lui, gli carezzò la testa e l'aiutò ad alzarsi. Il ragazzo non diceva nulla ma sembrava capire che in quel momento c'erano delle persone che lo stavano soccorrendo. Allora mi avvicinai anche io. Lo presi sotto l'ascella e lo aiutai a rimettersi in piedi, lui mi strinse forte le spalle e fece una smorfia di dolore, poi sgranò gli occhi come se vedesse per la prima volta.

Grazie, sussurrò, grazie.

Poi, liberandosi lentamente dall'abbraccio tossì violentemente, una, due, tre volte e cominciò a respirare con le braccia appoggiate alle ginocchia e la testa rivolta verso il basso.

Grazie signori, disse ancora con un sussurro e poi un poco più forte. Vado a casa, adesso vado subito a casa, grazie.

Quindi alzo la testa e ci guardò, rimase con lo sguardo fisso per un tempo che mi sembrò lunghissimo, finché ebbe come un momento di consapevolezza, un lampo di lucida ferocia.

Prese il volto di Francesca fra le mani e urlò.

Chi mi ha fatto tutto questo! Chi mi ha fatto questo!

Io ho visto tutto! Sempre, in ogni momento, ho visto tutto! Tutto!

Chi è stato a farci questo?

Liberò dalla stretta il viso di Francesca e senza aggiungere nulla si avviò verso l'uscita del parco. Prima insicuro poi più risoluto, schivando decine di danzatori abbattuti dai manganelli della celere ed evitando di guardarli, forse perché non voleva riconoscerli.

Arrivato al cancello si fermò e, voltandosi, alzò il braccio in un ultimo gesto di saluto.

Vai a casa giovane uomo, vai a casa.

Era la prima persona che vedevo emergere dalla piaga.

La notte

L'esperienza con il ragazzo era stata devastante ma ci aveva comunque dato una speranza. Il suo risveglio, la sua consapevolezza e il suo furore ci avevano mostrato che era possibile uscire dallo stato di trance, forse era necessario un forte trauma oppure era solo una questione di tempo.

Francesca e io però eravamo allo stremo delle forze, cresciuti nell'Occidente democratico pacificato degli ultimi ottant'anni, non potevamo avere la forza necessaria per sopportare un'esperienza simile senza subire contraccolpi fisici e psicologici che minassero la nostra capacità di agire.

Ci sdraiammo sull'erba, circondati dai muti profili dei ragazzi che ancora riuscivano a ballare, perdemmo la cognizione del tempo. Francesca non parlava, se non mormorando delle strane litanie incompressibili, io avevo preso dell'altro Xanax e avrei voluto bere una birra al posto dell'acqua per aumentare l'intorpidimento.

Se il mio corpo non esisteva più, compreso il cuore e i suoi battiti tumultuosi, rimaneva solo la mente assediata da pensieri logori. Eppure, per un attimo, la tensione, la stanchezza e il caldo ebbero il sopravvento e chiudendo gli occhi sprofondai in una sorta di narcotico dormiveglia.

Esistono ebbrezze diverse da quelle che pensiamo di conoscere.

Fu l'acqua a ridestarmi, tiepida, abbondante, un getto fragoroso e improvviso. Mi alzai di scatto insieme a Francesca anche lei bagnata fradicia. Venti metri sopra di noi la benna stava spargendo l'acqua sopra il parco. Ci alzammo mentre almeno una decina di elicotteri dei pompieri innaffiavano i danzatori in ogni direzione, cercando di coprire maggiore spazio possibile.

Acqua, meravigliosa acqua per rinfrescare e reidratare i corpi ma anche per bere ed evitare i collassi, finalmente qualcuno nella sala di controllo aveva avuto un'idea che non fosse quella di manganellare innocenti.

Controllai la borsa di cuoio e fortunatamente la Luger era rimasta all'asciutto, insieme a tutto il resto. Bagnati fradici ma in qualche modo rinvigoriti fisicamente, potevamo rincominciare la nostra ricerca. La giornata stava finendo e con essa anche le nostre residue speranze di trovare Micol ma avremmo continuato ad andare avanti nonostante la spossatezza e ogni pessimismo.

Verso l'anfiteatro, dissi.

Francesca senza rispondere e nemmeno guardarmi si alzò mettendosi a camminare nella giusta direzione. Studentessa del liceo classico Parini, conosceva bene il parco Sempione perché con le compagne di classe andava a farsi le canne nel pratone sotto al castello come la maggior parte degli studenti milanesi.

In quel momento però non riuscivamo a vedere nulla, più ci inoltravamo verso il centro del parco, più gli ossessi aumentavano di numero tanto che quasi non c'era più spazio per ballare, sempre che quei movimenti esausti e stranianti si potessero considerare una danza. I ballerini erano talmente appiccicati uno all'altro da impedirci il passaggio. Malauguratamente, si era creata una strozzatura, un muro compatto di corpi fra la staccionata di legno che delimitava il laghetto delle anatre e i cancelli della Triennale. Eppure, solo il continuo frastuono degli elicotteri dei pompieri ci ricordava l'emergenza in atto. Mi stupii di non vedere nessun poliziotto o militare, anche solo in perlustrazione, magari in borghese, come se quella zona della città fosse considerata oramai perduta e solo il trascorrere di un'altra notte avrebbe potuto cambiare le cose, in un modo o nell'altro. Io invece temevo la notte, il sole rosso infuocato stava tramontando ma i lampioni del parco ancora non si accendevano, presto saremmo rimasti al buio. E noi non avremmo mai potuto trovare Micol nell'oscurità del parco infestato dalla piaga. Potevamo solo sperare nella luce della luna che quella notte sarebbe stata piena.

Dobbiamo raggiungere la staccionata, dissi a Francesca.

Attraversando la calca camminando trasversalmente al flusso degli invasati, riuscimmo a crearci un varco fino al recinto del laghetto.

Era di legno e alto poco più di un metro, lo scavalcammo con facilità. All'interno non c'era nessuno, neanche un ballerino, le barriere fisiche avevano funzionato ancora una volta.

Sotto di noi lo specchio d'acqua, bassissimo e stagnante per l'estate afosa, brulicava di vita. Le anatre si erano tutte radunate in un angolo starnazzando spaventate, centinaia di ratti nuotavano senza fermarsi da una parte all'altra della riva mentre decine di scoiattoli grigi americani occupavano immobili i rami superiori degli alberi. Tutti quei corpi imprevisti di giovani homo sapiens dovevano averli intimoriti.

Riprendemmo il cammino seguendo la staccionata da dentro, spettatori della moltitudine danzatrice in movimento senza che questa potesse nemmeno sfiorarci. Passammo vicini al campo di basket, è sempre stato un playground molto famoso in città, tanto che lo frequentavo anche io nei miei anni più spensierati. Ci giocavano gli studenti universitari come me, qualche trentenne che ci raggiungeva dopo le sei indossando ancora il vestito da ufficio, i modelli americani, i ragazzi di colore erano fortissimi, ma anche i giocatori delle squadre giovanili dell'Olimpia. Erano sfide frontali e molto gerarchiche, chi vince resta e una squadra affiatata poteva rimanere sul campo anche tutto il pomeriggio.

Di quegli esaltanti pomeriggi assolati rimanevano solo i tabelloni e cerchi dei canestri con le loro retine consumate, i ballerini avevano occupato il rettangolo di cemento in modo così fitto che non si riusciva a veder oltre, come se non ci fosse nulla a parte questi corpi senza direzione, non ci fosse nulla in nessun altro luogo della città e forse del mondo.

La staccionata intanto era terminata e con essa se ne andava anche la nostra neutralità. Fummo costretti a ritornare in mezzo ai danzatori che erano sempre più stremati e puzzolenti. Nonostante fossimo all'aperto, il sudore rancido e malato dei ragazzi era diventato quasi insopportabile. Ma non era solo il fetore della sporcizia accumulata nei giorni di calura, sotto a uno strato più profondo emergeva a tratti un afrore dolciastro che sapeva di ammoniaca e pesce marcio.

Al parco Sempione si sentiva puzza di morte.

Vidi due piccole luci, poi ne comparvero altre, appena sopra gli alberi, accompagnate da un leggero ronzio che poteva sentirsi sono nel totale silenzio del parco. Altri droni, pensai, ma più piccoli di quello visto poche ore prima sui bastioni, forse più adatti a volare a bassa quota. Erano sospesi, fluttuanti, come il mio ricordo degli UFO di quando ero bambino. Ma non erano extraterrestri, qualcuno da qualche parte ci stava osservando.

I danzatori non si accorsero di niente, Francesca invece mi strinse forte il braccio con entrambe le mani.

Ivan?

Francesca alzò lo sguardo.

Il cielo, Ivan, il cielo sta pulsando.

Guardai in alto, escludendo le luci dei droni non vidi nulla di anomalo, se quell'aggettivo aveva ancora un senso, se la realtà aveva ancora un senso. Ma credevo alle sue parole, ci credevo ciecamente. L'abbracciai ancora, stringendola fino quasi a farle male. L'amore non ci aveva mai diviso, era una forza potentissima, era la nostra unica speranza. L'amore ci avrebbe aiutato a sopportare l'indicibile, ci avrebbe spronato ad andare avanti, a trovare nostra figlia e portala a casa sana e salva.

Fino alla fine della notte, fino alla fine del mondo.

Ancora non capisco per quale ragione Francesca e io fossimo convinti che avremmo trovato Micol all'anfiteatro, per quello che ne potevamo sapere noi non c'era nessun valido motivo perché nostra figlia fosse proprio in quel luogo, piuttosto che da qualsiasi altra parte nel parco Sempione o addirittura nella città, visto che nessuno riusciva più a controllare la situazione.

Stremati dalla grande fatica e sconfortati dal fallimento della nostra ricerca, ci lasciammo cadere sulla colata di cemento a forma di semicirconferenza a gradoni, di solito infestata da suonatori di bonghi di ogni età e ogni etnia. Per allontanarci dai danzatori che continuavano a scansare qualsiasi ostacolo materiale trovassero sul loro cammino, salimmo nella parte alta dell'anfiteatro da dove riuscivamo a vedere quasi tutti i giardini, fino alla collinetta della biblioteca comunale.

Illuminato solo dalla luce della luna, il parco per un istante brevissimo mi sembrò sprofondare nell'incanto. Sfumate dal riflesso argenteo, le silhouette dei danzatori seminudi sull'erba bagnata mi ricordarono le notti selvatiche del solstizio di primavera alla Valle degli Elfi nell'Appennino toscano, feste colorate e dionisiache che duravano anche per settimane. Settimane che passavano senza che nessuno ti cercasse ma che nemmeno avesse voglia di farlo, laddove non esistevano domande né urgenze improrogabili e si poteva aspettare tutto il tempo necessario senza condannare o stupirsi di qualsiasi assenza, in un'epoca così remota da sembrare adesso quasi irraccontabile e figlia forse di fantasie mai veramente avvenute, la nostalgia della gioventù che è sempre unica e irripetibile. Invece era tutto vero.

Mi pentii immediatamente dell'analogia, scriteriata e improponibile, data l'entità della tragedia in atto, e mi sentii un povero idiota egocentrico, sopraffatto dai ricordi.

Eppure, era inevitabile pensarci.

Quella libertà e quel desiderio dove sono andati a finire?

Chi ci ha privato della possibilità di scegliere?

Siamo stati noi e lo abbiamo fatto in modo spontaneo, lentamente seguendo una progressione senza strappi, passo dopo passo, dimenticando di sollevare un dubbio, sconfitta dopo sconfitta, compromesso dopo compromesso, accogliendo ogni novità, scientifica o sociale che fosse, sopraffatti dall'entusiasmo degli imbecilli che, come i bambini, si meravigliano del mondo e non sentono la necessità di cambiarlo ma anzi vogliono farne parte per non sentirsi esclusi. Come è stato possibile che in pochi decenni di inarrestabile quanto inutile progresso tecnologico sia cambiata ogni prospettiva, si sia resettata ogni ambizione e ogni possibilità di alternativa, di fuga o anche solo di consapevole separazione, senza però migliorare davvero la vita delle persone, rendendole invece più sole e più fragili, più vulnerabili e persino più banali, in balia di una comunicazione subdola quanto dittatoriale e della necessità di conformare le proprie scelte sempre verso il basso, fino alla totale demenza condivisa?

Ognuno si vota ai propri dei.

Il risultato ce l'avevo davanti agli occhi, gli stessi corpi dei ballerini silenziosi che per un istante mi avevano illuso di essere liberi erano un'immagine tristissima e senza speranza.

Quegli spettri argentei che danzavano avvolti dalla luce lunare erano i nostri figli. E li abbiamo lasciati soli.

Micol era là in mezzo da qualche parte, dovevamo trovarla prima che fosse troppo tardi e anche lei cadesse al suolo esanime come tutti gli altri danzatori, vilipesa e calpestata.

Ivan! Cristo, Ivan! Che cazzo ci fai qui?

A parlare era un uomo di oltre cinquant'anni, abbronzato, con dei sottili baffi neri e la camicia bianca di seta aperta sul petto. Guardandolo meglio riconobbi il mio vecchio amico Sergio che conoscevo fin dai tempi dell'università, sebbene parecchio invecchiato e in uno stato di evidente sovraeccitazione nervosa. Aveva un microfono in mano ma sembrava non sapere che farsene. Dietro di lui una giovane donna imbracciava una camera con ben visibile sopra il logo di Rai 3 Regione, rete televisiva in cui Sergio lavorava da più di vent'anni.

Ci abbracciamo, era tutto sudato e molto nervoso.

Cazzo fai qua, Ivan, davvero, ma vaffanculo, tu sei pazzo, è un inferno, ma guarda c'è anche Francesca, pensa te, che bella donna, non sei cambiata… io ti amavo all'università, te lo ricordi? No, perché avevi occhi solo per questo qua. Ma siete due incoscienti! Tornate subito a casa, sta succedendo il pandemonio e fra poco arriverà l'esercito… cazzo Ivan ma davvero sei l'ultima persona che pensavo di incontrare in questo casino.

Sto cercando mia figlia, Sergio, credo sia qua nel parco da qualche parte, anzi lo spero perché non risponde al telefono e non abbiamo più sue notizie.

Sergio scrollò la testa, prese nervosamente una sigaretta dal pacchetto che teneva in tasca e l'accese.

Vedi qualcuno dei ragazzi qua attorno parlare al telefono? Dimenticati tutto quello che credi di sapere, dimentica ogni regola civile, dimentica anche di essere anche una persona, Ivan qua dentro è tutta un'altra cosa.

Sergio voltò la schiena, soffiando il fumo della sigaretta.

Comunque, lei è Sabina, disse indicando la sua collega, una trentenne che dava l'idea di essere una tipa piuttosto in gamba, abituata a fronteggiare situazioni di emergenza.

Sabina è l'unico cameraman che ha accettato di accompagnarmi dentro al parco, ci siamo solo noi credo, non ho visto nessuna altra troupe, è troppo pericoloso.

La faccia di Sergio si trasfigurò in una smorfia d'incredulità.

Ivan, non l'avrei mai neanche immaginata una roba del genere, migliaia di ragazzi che si muovono come zombie, sembra un horror e invece siamo a Milano dentro al parco Sempione. Io non ci potevo credere quando me lo hanno raccontato, ero convinto stessero esagerando, sai c'è casino, migliaia di persone, la polizia carica e allora uno esagera e può inventare di tutto. E allora siamo venuti qua per vedere di persona, abbiamo girato delle immagini pazzesche, una bomba assoluta e continueremo tutta la notte se ce la facciamo, faranno il giro del mondo, cazzo se lo faranno, andremo su ogni canale con questo materiale. Ma bisogna stare attenti Ivan, non sai quanti balordi si stanno approfittando della situazione: furti, aggressioni, stupri, abbiamo visto di tutto. E poi a noi se ci beccano i Black Bloc ci spaccano tutti gli strumenti e ci prendono a pedate nel culo che i giornalisti gli piacciono quasi quanto gli sbirri.

Ma che ci fanno i Black Bloc al rave, cosa gliene importa?

C'erano già, Ivan, da mesi si sono dati appuntamento da tutta Europa, perlopiù anarchici ma anche appartenenti ad altri gruppi antagonisti: Antifa, autonomi o sa il cazzo di come si fanno chiamare adesso, tedeschi, francesi, greci, spagnoli, c'è di tutto, oltre ai nostri, ovviamente. Volevano fare un po' di casino contro il sindaco e 'sta cacata del rave comunale ma neanche loro si aspettavano… cosa si aspettavano Ivan? Non certo questa assurda follia danzante, adesso ci sono rimasti in mezzo, come tutti gli altri.

Ma tu sai niente, Sergio? In Rai cosa dicono?

Ma cosa vuoi che sappiano in Rai. Nessuno sa un niente Ivan, un cazzo di niente, hanno intervistato sociologi, psichiatri, antropologi e storici, persino dei mezzi santoni ciarlatani *curanderos* ma tutti brancolano nel buio, ci sono teorie di ogni genere, non puoi capire in rete le cazzate che scrivono, fra scie chimiche, radiazioni, gas sparsi nell'aria e chip inseriti sotto la pelle con i vaccini del Covid; e la polizia sta facendo solo danni, come al solito, stendono e arrestano ogni ragazzo che incontrano.

Ho visto, dissi interrompendolo, prima alla porta hanno fatto un massacro.

Sergio scosse la testa e sputò per terra prima di continuare.

Il sindaco invece è sparito, pare abbia avuto un esaurimento nervoso e sia ricoverato da qualche parte in una clinica in Brianza, povera testa di cazzo. Il ministro della Difesa ha preso il controllo della situazione e già da ieri pomeriggio ha richiamato l'esercito dalle caserme, dicono siano accampati a nord fuori Milano ma anche loro non hanno la più pallida idea di cosa li aspetta. Cosa vuoi fare, sparare sui ragazzi, mandare i carri armati e schiacciarli sotto i cingoli? Nel centro città le ambulanze non riescono a intervenire ma sembra, perché nessuno lo sa davvero, che ci siano già migliaia di morti, sono sparsi in ogni quartiere, tutti giovanissimi, lasciati a marcire per strada, migliaia dico e aumentano di ora in ora, impossibile contarli adesso. Noi tutte queste cose le abbiamo dette in diretta, ripeto, che io sappia ci siamo solo Sabina e io a documentare questo casino.

Finita la frase, Sergio prese dalla tasca una bottiglietta di vetro alta cinque centimetri, dal cui coperchio partiva una piccola cannuccia in acciaio che terminava a sua volta con un beccuccio. Sergio lo infilò nella boccetta riempiendolo di cocaina per poi infilarsela direttamente nel naso con un'unica tirata.

Io questa cosa non la posso sopportare senza un po' di aiuto, disse. Vuoi fare un colpo?

Scossi la testa, mai piaciuta la cocaina, mi rende molto aggressivo.

Ma poteva anche non giustificarsi, a me non fregava nulla dei suoi vizi, specie in quella situazione. Dietro di lui, intanto, Sabina sembrava nervosa e continuava a guardarsi intorno, probabilmente temeva per la sua telecamera. Francesca mi fece un cenno con la testa come a farmi intendere che non avevamo tempo da perdere.

Però io avevo bisogno di informazioni.

Sergio, ma tu hai capito perché i militanti anarchici e i balordi delle periferie sono immuni alla piaga? Sono giovani anche loro, non hanno nulla di diverso da tutti i ballerini in giro per la città.

Mi guardò incredulo.

E io che cazzo ne so, disse, che cazzo vuoi che sappia io, come tutti gli altri. Una roba del genere non si era mai vista, in nessuna parte nel mondo. Siamo dentro a un esperimento sociale completamente nuovo e nessuno ci ha chiesto di partecipare. Ci sarà dietro qualche organizzazione segreta, chi può avere progettato una assurdità del genere se non la CIA, l'FSB, il Mossad, oppure i massoni, una setta millenarista o qualcosa di ancora più nascosto che neanche immaginiamo. Oppure il Vaticano, la chiesa assassina uccide con l'onda. Te lo ricordi il vecchio CT? Scriveva le sue frasi con la vernice sull'asfalto proprio da queste parti, magari aveva ragione lui. Magari hanno sparso qualcosa nell'aria, può essere tutto. Certo è che sia l'ideale, e tu questo lo sai meglio di me Ivan, che il bisogno materiale sono forti motivazioni, forse i ragazzi immuni poggiano proprio su queste per non essere coinvolti dalla danza ma mi sembra anche una fesseria a dirla in questo modo, cosa vuoi capire adesso che ci siamo dentro fino al collo e dobbiamo ancora affrontare la notte? Hai capito Ivan? Non stare a fare speculazioni che non servono a nulla, lo facevi anche quando eri giovane ma adesso non mi pare il momento. Hai capito, Ivan? Guardami negli occhi, hai capito? Fai sì con la testa. Bravo. Va be', speriamo cazzo che tu abbia capito che qua stanotte ci si può fare male davvero. Noi adesso andiamo, seguendo la luce della luna cercheremo qualche altra immagine che valga la pena di essere trasmessa, tu invece cerca di trovare tua figlia che mi sembra la cosa più importante.

Finita la frase, Sergio mi diede un bacio sulla guancia. Baciò anche Francesca e insieme a Sabina svanirono nella moltitudine silenziosa davanti a noi.

Nonostante fossi sconvolto dalla scomparsa di Micol e da tutto quello che stava succedendo, l'incontro con Sergio mi scosse, restituendomi un poco di energia.

Ammiravo quell'uomo, quell'uomo fisicamente precario, eccessivo e sconclusionato, quell'uomo disperato per vocazione ma dotato di una energia e di un coraggio titanici, pronto a rituffarsi nell'incubo senza esitazioni come un vecchio mercenario alla sua ultima battaglia.

Passammo le ore successive a perlustrare il parco invano.

Avevo finito l'acqua e non mi reggevo in piedi, Francesca sembrava anche più stanca di me, aveva perso un sandalo e buttato l'altro e oramai si muoveva scalza con la stessa lentezza dei ballerini. Avevamo girato ovunque ma di Micol non c'era traccia.

La grande luna alta in cielo circondata da un alone rosso porpora illuminava la notte come un cattivo presagio ma tra le ombre del parco era quasi impossibile riconoscere le forme dei corpi e tantomeno i volti dei ragazzi. Potevamo solo sperare di avere fortuna, eventualità che in quelle ore tormentate sembrava alquanto improbabile.

Un fascio di luce proveniente dall'alto attraversò la strada davanti a noi. Alzammo la testa, sopra di noi un elicottero dell'esercito pattugliava quella parte del parco, illuminando con i fari i punti dove la ressa sembrava essere più pericolosa. Cosa cercassero non mi era chiaro però era evidente che avessero un obiettivo preciso.

Stavamo dirigendoci verso la collina della biblioteca quando vedemmo un gruppo di adolescenti muoversi furtivi fra i ballerini che ancora riuscivano a stare in piedi. Controllavano se ci fosse qualcosa da rubare: denaro, magari orologi e catenine d'oro. Ma i giovani danzatori seminudi non erano le vittime giuste e i rapinatori si stavano spazientendo di faticare per un così magro bottino.

Vidi un ragazzo strattonato, buttato a terra e derubato delle sue scarpe da ginnastica, a un altro invece portarono via lo Swatch e a un altro ancora qualche decina di euro. La refurtiva spariva subito dentro ai borselli agganciati intorno alle spalle, prima di passare a un'altra vittima, una qualsiasi delle migliaia a disposizione.

Era l'azione criminale più semplice e codarda che avessi mai visto. Nessuno degli ammaliati si difendeva e a questo punto non avrebbero nemmeno avuto le forze per farlo.

Improvvisamente, notammo un varco anomalo nella ressa dei danzatori, un'alterazione malevola del tessuto connettivo della mania. Pochi metri davanti a noi il mucchio di bestie si era fatto branco feroce. Erano in quattro, tutti sopra una ragazza molto giovane stesa sull'erba supina, completamente nuda. Non si sentiva alcun rumore ma nonostante la poca luce la scena era chiarissima e terribile. Uno dei ragazzi la stava già stuprando montandola dal davanti mentre un altro inginocchiato cercava senza successo di infilarle il cazzo in bocca. Francesca si mise a urlare, precipitandosi verso la banda di stupratori. Vistala arrivare, uno dei ragazzi che non stava partecipando attivamente allo stupro si girò di scatto e senza nessuna esitazione le diede un pugno in faccia, facendola crollare all'indietro. Quando vidi Francesca a terra sanguinante scomparve ogni pensiero. Avanzai deciso fino a tre metri dai vigliacchi, estrassi la Luger dalla sacca di cuoio, sbloccai la sicura e senza indugiare un istante sparai un colpo in aria.

Il rumore fu clamoroso, come se fosse scoppiata una bomba. Gli stupratori istintivamente abbandonarono il corpo della loro vittima allentandosi di qualche metro. Quello che la stava violentando aveva ancora i pantaloni della tuta calati. Mi avvicinai a passi veloci e gli puntai la pistola in faccia, ficcandogliela dritta in un occhio. E cominciai a premere, premere sempre più forte fino quasi ad accecarlo. Lui tremava e diventò bianco come un morto, dal cazzo ancora semieretto uscivano dei fiotti di piscio come quelli dei neonati. I suoi compari, intanto, si erano dati alla fuga, eravamo rimasti solo io e lui. Volevo spararagli in faccia, volevo ammazzarlo sul posto il bastardo stupratore. Potevo farlo, era una mia prerogativa di padre, un mio diritto di essere umano e nessuno mi avrebbe mai punito, nessuno lo avrebbe neanche mai saputo.

In quel momento ero giudice e carnefice.

Il dito tremava sul grilletto ma non era paura la mia, era rabbia, era vendetta, era disprezzo, era il sangue che deve scorrere per ottenere giustizia. Il ragazzo in ginocchio si mise a farfugliare delle scuse e parole senza senso mentre piangeva e implorava una grazia che non meritava. Feci un respiro profondo e abbassai l'arma.

Vattene, dissi.

Lui si rimise in piedi e caracollando con i pantaloni ancora calati fuggì verso l'anonima oscurità dei ballerini. Francesca intanto stava consolando la vittima, avrà avuto sedici anni, aveva gli occhi sbarrati e respirava affannosamente.

Era immobile ma si lasciava carezzare i capelli.

La danza per lei era finita.

Francesca la coprì con una maglietta trovata sul prato. Poi alzò la testa verso di me, aveva il volto tumefatto e il trucco sbavato per le lacrime.

Mi guardò, fissandomi severa.

La pistola, dove lai presa?

Era di mio padre, Francesca.

Era di mio padre.

Una nuova alba svanisce

La testa è piena di fantasmi.

Mi tremano le mani, due pastiglie di Xanax hanno rallentato il tumulto nel petto ma i pensieri impazziscono in un moto ossessivo e rovinoso che mi sta portando alla disperazione. Non controllo più niente, il colpo di pistola ha spalancato i cancelli e vanificato ogni controllo, i fantasmi ricompaiono uno dopo l'altro togliendomi il respiro mentre il corpo si è perso come una nave alla deriva.

Ho giurato che ti avrei trovato, figlia, ma adesso tutto scorre troppo veloce ed è difficile capire quale direzione prendere, ammesso che ne esista una. Francesca di fianco a me sanguina dal naso, ha un occhio gonfio e nero, sta piangendo, le lacrime si mischiano al sangue e al trucco, creando una grottesca maschera di sofferenza.

I suoi singhiozzi sono l'unico suono in tutto il parco.

Non posso aiutarla, siamo entrambi soli e abbandonati a noi stessi, nessuna consolazione è possibile.

Il cielo sta pulsando, Ivan. Siamo sul ciglio dell'abisso.

Proprio adesso avviene il crollo, l'impossibilità di una tregua, la perdita di ogni illusione.

Scorreranno le lacrime e diventeranno fiume.

Da quanto tempo siamo qui seduti?

Un'ora, forse due. Un cambio di velocità, improvviso come improvvisa e vertiginosa è stata la caduta, abbiamo raggiunto il fondo, e giù, nel punto più basso, le energie sono svanite insieme a ogni determinazione e ogni volontà di reagire. Rimangono i fantasmi, i pensieri impazziti sfuggiti dalle orme del tempo, dentro alla mia testa ci sono troppe strade che non conducono in nessun luogo. Vedo mio padre, le sue spalle larghe, i suoi baffi a manubrio, la puzza acre delle sigarette francesi mentre guida il pulmino Volkswagen in direzione del mare; l'immagine sfocata, il ricordo oramai sbiadito di mia madre, la donna che non ho mai conosciuto.

Vedo i volti sorridenti degli amici perduti nel crudele epilogo del secolo, quando immaginavamo un futuro tutto da vivere e il presente non ci aveva ancora tradito. Vedo Micol appena nata, i suoi occhi scuri aperti sulla meraviglia del mondo. La vedo ridere, in braccio a suo nonno. Non si ferma niente, tutto rotea, tutto si rincorre senza sosta in un turbine caotico privo di tempo e di direzione: i ragazzi manganellati dalla polizia, i selvaggi danzatori mascherati, lo sguardo vuoto della giovane donna stuprata, la ragnatela nera a coprire il cielo plumbeo, i simboli arcani che ci condanneranno all'estinzione, Francesca sanguinante colpita da un vigliacco, la danza sghemba di Troffea, l'olio benedetto, sempre benedetto, le scarpette rosse, il cagnaccio che abbaia alla testa dell'orso sanguinante, l'ira del santo martire.

Il cielo sta pulsando, Ivan.

Adesso sento il battito del cuore cadenzare l'angoscia.

Tornato il corpo, devo pagare dazio, ogni sicurezza è svanita.

La pistola è ancora in pugno, basterebbe un solo colpo, in questo istante. L'atto definitivo, efferato quanto inutile. Ma non sarebbe una liberazione, sarebbe la resa, il patetico gesto di un vigliacco.

Il caldo torrido consuma le ultime energie, devo essere forte, devo sedare le urla e scacciare il demone.

Devo trovare mia figlia.

Abbiamo lasciato la ragazza semicosciente stesa su di una panchina, dove almeno sarà protetta dal passaggio dei ballerini. Non si muove, respira a fatica ma sembra uscita dall'ossessione, sono sempre più convinto che i traumi violenti sortiscano questo effetto. Noi non possiamo saperlo.

Abbiamo fatto una scelta e non torneremo indietro.

Avremmo dovuto rimanere con lei, darle conforto e portarla a casa. Ma la brutale violenza di cui siamo stati testimoni può essere anche il destino di Micol e può esserlo in questo momento.

Solo il pensiero mi toglie il respiro.

Lo abbiamo fatto di nuovo, consapevolmente.

Un'altra vittima è stata abbandonata lungo la strada, la nostra è la scelta degli assassini o, peggio ancora, dei pusillanimi.

Sopra di noi gli elicotteri dell'esercito terminano la loro ricognizione, lasciando solo alla luna il compito di illuminare la notte, forse sta arrivando qualcos'altro, qualcosa di brutale e definitivo. Guardo l'orologio, sono passate le cinque del mattino, fra una manciata di minuti vedremo l'alba.

Raccolte le ultime forze, Francesca e io ci rimettiamo in cammino alla ricerca di Micol. Decidiamo di percorrere la strada a ritroso, di ragazzi che ballano oramai ne vediamo pochissimi, la maggior parte sono sdraiati sull'erba, sembrano tutti morti. Superiamo il campo da basket e poi deviamo fino a raggiungere il Teatro Continuo, il massiccio palcoscenico di cemento progettato con la visionaria ambizione degli anni settanta da Alberto Burri e poi costruito decine di anni dopo per l'Expo, proprio nel bel mezzo del parco. Altri demoni mi accompagnano in questo teatro finale. È l'unico posto dove non siamo ancora stati perché qualche ora fa era troppo affollato di ragazzi ammaliati. Un piano inclinato di acciaio ha permesso ai ballerini di occupare la piattaforma di cemento ma adesso dobbiamo stare attenti a non calpestare i corpi. Con grande difficoltà riusciamo a salire la rampa, ogni metro del pavimento è occupato da un ragazzo privo di sensi, ridotti a un simulacro di esistenza.

Giunti sopra la ribalta, il cielo è più vicino.

Adesso siamo proprio nel centro della scena, alla nostra destra e alla nostra sinistra ci sono sei quinte laterali, rettangoli neri di acciaio alti dieci metri. Sembrano dei monoliti.

Voltati verso sud, vediamo il Castello Sforzesco, mentre l'Arco della Pace apre la strada verso nord. Il luogo è perfetto, uno spazio teatrale spudorato che controlla ogni orizzonte, ma siamo sopra un palcoscenico e ogni cosa può essere una finzione.

Calpestiamo gli ossessi, pochissimi riescono ancora a ballare, la stanchezza e il sudore calato sugli occhi mi impediscono di vedere, di distinguere le forme in movimento.

Mi rendo conto solo in questo momento di avere ancora la pistola in pugno, la infilo sgomento nella sacca di cuoio.

Nessun colpo verrà più sparato.

Perdo terreno, davanti a me Francesca scalza si muove più sicura, l'istinto materno è più forte di ogni fatica e impedimento fisico.

Si fa largo attraverso il palcoscenico, i pochi ragazzi rimasti in piedi li abbatte semplicemente sfiorandoli.

Cadono uno dietro l'altro come foglie morte.

Non vuole più nessuno sulla sua strada.

È come un sussurro che spezza il silenzio della notte, sento pronunciare il mio nome, una, due, tre volte.

Raggiungo Francesca ansimante.

Siamo a soli dieci metri da lei.

Micol è in piedi, dietro la sua figura spettrale l'arrivo del nuovo giorno tinge di sangue il cielo.

Balla da sola, con le gambe incrociate muove le braccia lentissime, roteandole sopra la testa. È scalza, indossa un vestito nero leggerissimo, oramai strappato e fradicio di sudore.

Sembra non avere ferite. Tutto intorno e lei giacciono i corpi inerti dei suoi compagni accasciati sul pavimento.

Francesca mi prende per mano, annuisce ma non dice una parola.

Ci avviciniamo, calpestando i corpi dei suoi compagni.

Raggiungiamo Micol, Francesca l'abbraccia piangendo.

Ma lei non risponde a nessuno stimolo, mantiene lo sguardo fisso e non smette di muoversi, sebbene lentissima ed esangue.

È ammaliata, come tutti gli altri.

Francesca la stringe più forte ma non cambia nulla, i suoi occhi rimangono persi nella notte.

Mi accosto a madre e figlia, cautamente tiro fuori dalla borsa la bottiglietta e svito il tappo. Francesca la libera dall'abbraccio e arretra di un passo, non capisce cosa stia succedendo.

Afferro la mia bambina per la vita e appoggio la plastica sulle sue le labbra oramai disidratate e lei, seguendo un istinto primordiale più forte di ogni incantesimo, apre la bocca in cerca di liquidi. L'acqua mischiata con il Roipnol scende lungo la sua gola, solo pochi sorsi ma sufficienti.

Continua a muoversi, la prendo in braccio, sembra non avere peso.

Ci vorranno pochi minuti, dico.

Francesca mi guarda stranita, non sa cosa ho fatto.

Il chiarore del giorno nuovo si profila all'orizzonte, quando sentiamo come un cupo tremore provenire dalla terra.

Alzo la testa verso nord e li vedo.

Oltre l'Arco della Pace una colonna di carri armati procede lungo corso Sempione, seguita da migliaia di soldati di fanteria schierati in ordinate colonne.

Micol smette di muoversi, appoggia la testa sulla mia spalla e perde i sensi. Il sole sta sorgendo, i suoi raggi s'irradiano sul parco.

Senza capire la sua provenienza, siamo avvolti da un vento caldo, dolce e nauseabondo. Il mio corpo trema quando una gigantesca macchia viola purpurea invade il cielo, coprendo l'astro nascente.

Bacio sulla guancia mia figlia.

Guardo Francesca con tutto l'amore possibile.

Una nuova alba svanisce mentre il nuovo mondo si palesa minaccioso.

Non so se riusciremo ancora a raccontarlo.

Dedica

Mentre scrivevo *E tutti danzarono* sono mancati Davide e Laura, entrambi troppo giovani.

Il romanzo è dedicato a loro.

Indice